AF304503

Tucholsky Wagner Zola Scott Sydow Freud Schlegel
Turgenev Fonatne Wallace Fouqué Friedrich II. von Preußen
Twain Walther von der Vogelweide Freiligrath Frey
Weber Kant Ernst
Fechner Fichte Weiße Rose von Fallersleben Richthofen Frommel
Engels Fielding Hölderlin Dumas
Fehrs Faber Flaubert Eichendorff Tacitus Ebner Eschenbach
Feuerbach Maximilian I. von Habsburg Fock Eliasberg Zweig Vergil
Ewald Eliot
Goethe London
Mendelssohn Balzac Shakespeare Elisabeth von Österreich Dostojewski Ganghofer
Trackl Lichtenberg Rathenau Doyle Gjellerup
Mommsen Stevenson Tolstoi Hambruch Droste-Hülshoff
Thoma Lenz Hanrieder
Dach Verne von Arnim Hägele Hauff Humboldt
Karrillon Reuter Rousseau Hagen Hauptmann Gautier
Garschin Defoe Baudelaire
Damaschke Descartes Hebbel Hegel Kussmaul Herder
Wolfram von Eschenbach Dickens Schopenhauer Rilke George
Bronner Darwin Melville Grimm Jerome Bebel Proust
Campe Horváth Aristoteles Voltaire Federer
Bismarck Vigny Barlach Heine Herodot
Gengenbach
Storm Casanova Tersteegen Grillparzer Georgy
Chamberlain Lessing Langbein Gilm Gryphius
Brentano Claudius Schiller Lafontaine Kralik Iffland Sokrates
Strachwitz Bellamy Schilling
Katharina II. von Rußland Gerstäcker Raabe Gibbon Tschechow
Löns Hesse Hoffmann Gogol Wilde Gleim Vulpius
Luther Heym Hofmannsthal Morgenstern
Roth Heyse Klopstock Klee Hölty Kleist Goedicke
Luxemburg Puschkin Homer Mörike Musil
Machiavelli La Roche Horaz
Navarra Aurel Musset Kierkegaard Kraft Kraus
Nestroy Marie de France Lamprecht Kind Kirchhoff Hugo Moltke
Laotse Ipsen Liebknecht
Nietzsche Nansen Ringelnatz
von Ossietzky Marx Lassalle Gorki Klett Leibniz
May vom Stein Lawrence Irving
Petalozzi Knigge
Platon Pückler Michelangelo Kock Kafka
Sachs Poe Liebermann Korolenko
de Sade Praetorius Mistral Zetkin

Der Verlag tredition aus Hamburg veröffentlicht in der Reihe **TREDITION CLASSICS** Werke aus mehr als zwei Jahrtausenden. Diese waren zu einem Großteil vergriffen oder nur noch antiquarisch erhältlich.

Symbolfigur für **TREDITION CLASSICS** ist Johannes Gutenberg (1400 — 1468), der Erfinder des Buchdrucks mit Metalllettern und der Druckerpresse.

Mit der Buchreihe **TREDITION CLASSICS** verfolgt tredition das Ziel, tausende Klassiker der Weltliteratur verschiedener Sprachen wieder als gedruckte Bücher aufzulegen – und das weltweit!

Die Buchreihe dient zur Bewahrung der Literatur und Förderung der Kultur. Sie trägt so dazu bei, dass viele tausend Werke nicht in Vergessenheit geraten.

Franziskus

Ein kleiner Roman

Klabund

Impressum

Autor: Klabund
Umschlagkonzept: toepferschumann, Berlin

Verlag: tredition GmbH, Hamburg
ISBN: 978-3-8424-1207-1
Printed in Germany

Geschrieben 1916 in Ragaz, Davos, Locarno
für Johanna und Fredy Kaufmann

Es ist so süß, krank zu sein, wenn draußen der sanfte Schnee fällt und der Winterwind wie ein verfrorener Bäckerjunge durch die Straßen trabt.

Eine holde Müdigkeit in den Kniegelenken sitzt man, fröhlich hüstelnd und heiter fröstelnd, im Lehnstuhl.

Während das Wasser in der Teemaschine summt, und das Mädchen mit einer Schale leichtem Backwerk vorsichtig das Zimmer betritt, fällt jede Vorstellung und Verstellung von Pflicht oder Zweck des Lebens bedingungslos von einem ab.

Man hat nichts anderes zu tun, als krank zu sein. Alle Gefühle lösen sich in leichte Schmerzen auf, die grade so weh tun, daß man noch weiß, es sind Schmerzen.

Um fünf Uhr nachmittags, wenn es dämmert, beginnt das Fieber. In rosa Wolken verflattert die Dämmerung und die Nacht geht auf wie die Sonne: purpurrot. Der Arzt, der ein guter Freund von mir ist, kommt um halb sieben.

Ja, etwas Festes würde ich noch nicht essen. Vor allem keine Fleischkost. Aber wie wäre es mit Rosenkohl und Kastanienmus? Wir haben ja sowieso einen fleischlosen Tag.

Der Arzt weiß, was mir schmeckt, denn er ist mein Freund. Übrigens ist er selber krank, trotzdem er Arzt heißt. Er hat dieselbe Krankheit wie ich. Und da wir unsere Krankheit – o wie gut! – kennen, spielen wir manchmal mit ihr. So lange sie sichs gefallen läßt. Denn sie ist nur im Sommer und Winter gutartig. Im Frühling aber und Herbst, im Frühling, wenn die andern Leute das Leben am meisten freut, bläst sie einen mit giftigen Dämpfen an und zittert in Krämpfen.

Ich werde nach Partenkirchen gehen. Oder nach Davos, wenn ich einen Paß bekomme. Ich härme mich nach der harten Bergluft und nach der kalten Wintersonne wie nach meiner Heimat.

Dort, zwischen den bereiften Tannen und den vereisten Bergen, über den Graubündner Tälern, will ich wieder schweben lernen.

Ich werde aus meinem Lehnstuhl aufsteigen wie ein Adler, mit rasenden Fittichen und brennenden Augen. Dort, wo der Krieg nur fern wie eine wilde Flöte Pans aus den Wäldern tönt, rausche ich nieder aus den Lüften zu beseligter Ruh.

Da liegen auf den Liegehallen der Hotels und Pensionen friedliche Kameraden, die Angehörigen aller Staaten, bunt durcheinander: Deutsche, Griechen, Russen, Österreicher, Franzosen, Engländer, Türken und Amerikaner. Sie alle, Freund und Feind, versöhnt und verbrüdert, emporgehoben aus ihrer engeren Staatsangehörigkeit zu einem großen und schmerzlich geeinten Volk, dem ewigen großen Volk der Kranken.

Wir wollen nicht mehr von den Menschen reden. Schweigen wollen wir von ihnen und ihrer Herzen Bosheit, von ihrer Lippen Aberwitz und ihrer Hände Mordtat: wie sie glauben, besser zu sein einer denn der andere, und sind ärger und ärger einer denn der andere. Wie sie betrügen den ehrlich Träumenden mit glatten Gesichtern und wedelnden Reden. Wie sie erniedrigen den Hohen, belasten den Schwebenden, zertreten den kriechenden Wurm. Es schwirrt ein Ekel hinter unserer Stirn: wie eine Fledermaus stößt er sich an den gläsernen Wänden unserer Wünsche und treibt uns der Tränen Wut und Wahnsinn in die Augen. O dies Gezücht, zu schade, daß eine Mutter es geboren, daß Geliebte über ihnen wandeln und Götter, aus den Wäldern tretend, ihnen ein Beispiel spielen. Warum ist Liebe unter Zweien von ihnen, da Haß ist unter Tausenden? Warum sinken zwei Liebende sich in die Arme, und tausend Hassende vom Haß gepeitscht in Messer, Speer und Bajonett? Wenn ich gehe allein, heiße ich ihnen: Dünkel und Dunkel. Sie rufen nach Polizisten, daß sie leuchten mit den Lampen der Unmenschlichkeit in meine künstlich vor ihnen geschaffene Nacht. Nicht erforschte, nicht erkannte Nacht ist unsittlich. Ohne Maß und räuberisch gefährlich. Niemand habe etwas (etwa: sich) zu verbergen. Erhebt sich Vorschrift oder Gesetz, armgleich wie das Einfahrtsignal an den Eisenbahnen: so hat augenblicklich anzuhalten Herz und Atem, Tag und Sonne des Tales Gideon.

O wie gemein ist ihre All-Gemeinheit. Ich fliehe auf das Dach meines Hauses vor ihrer brüderlichen Gendarmerie. Zu Hilfe, Gott, wenn ist mein Gott! Neige dich, Christus, im Aeroplan zu mir und nimm mich auf deine Schwingen! Schenke Wahrheit dem Kirchenlied und entführe mich dem höllischen Pulver- und Schwefelpfuhl: warst du ein Mensch? Warst du nicht, Lamm, ein Tier?

Ich wohne immer auf tägliche Kündigung, da es mich nicht lange hält in den Höhlen der Menschen. Heute noch darf ich unter ihnen sein, aber morgen schon trifft mich Befehl der ewigen Armee: Geh in den Wald, Franziskus. Leg dich ins Moos: sei Sinnbild ihrem Unsinn und Un-sein. Anschauung des Farrenkrautes, blaue Heidelbeere versteckt im Regenmorgen. Sei Aufschwung eines Hähers quer durch Stammgeäst. Sei nicht mehr Mensch: sei noch nicht Mensch. Sei: mehr als Mensch. Sei: dauernde Verschlingung wilder Wurzeln, ehernes Erdenbraun. Sei: Wald.

Zwei Mark bezahle ich für den Tag Miete, elektrisches Licht und Heizung inbegriffen, so hatte es meine Freundin ausgemacht, da ich mich schlecht verstehe auf die Unsitten der Menschen.

Gestern kam die Briefbotin, milde gleich einer Taube mir einen Brief im Schnabel ihrer Hand kredenzend. Ich riß den Umschlag auf: aber da war nichts darin geschrieben, keine Zeile, nur ein weißes Blatt fiel heraus.

Da wußte ich, daß es die Einsamkeit war, die wieder rief und mir aus allen weit geöffneten Fenstern der großen Stadt die dunkle Mahnung sandte: sei wieder du! du allein! Was nützt es, im Trab der Tausend über den Asphalt zu laufen, vor ihrer Sonne nicht geschützt. Schlitzäugig nachts im Vogelbauer des Cafés sich krümmen, in dem der Decke niedriger Himmel fast in die Tasse fällt und Mörtel regnet und in die Getränke klatscht. Fühlt und erfüllt man sich, wenn man im Hofgarten unter den Kastanien schattige Gedanken sucht, einer spanischen Jüdin den Hofhund macht, Kunst und Käsekuchen lobt? Die zerfetzte Fahne der Individualität »hoch hält«? Ihr Brüder: wenn mich einer hört: es braucht nicht ein Mensch zu sein; sei es ein Wasserfall, ein Baum, ein Vogel, ein Stern, ein Schleier am Hut einer Frau: die Individualität ist das Nebensächlich-Unsächliche. Mag das Ich vergehen, da es sich wandelt vom Ich zum andern Ich: das Element, ihr Brüder, bete ich an als meine Ewigkeit. Die aber die Elemente bindet, daß sie nicht zerfallen in Staub des Raumes und Irrtum der Zeit: nenne ich Tugend.

Wille zum Wesentlichen ist die Bändigerin der Elemente. Sie sandte Gott. Er gab mir Kraft. Ich danke ihm.

Als ich um die Rechnung bat, da ich zu verreisen gedachte, brachte das Dienstmädchen der Pension Finkenzeller mir einen von der gnädigen Frau beschriebenen Notazettel. Der du dieses liest: gläubig dem Schein, vertrauend dem Wort: wisse, daß niemals eine solche Frau es vermocht hat, gnädig zu sein, sondern, welche vom Würfelspiel der Ananke erlost sind, möblierte Zimmer zu vermieten oder Fremdenpensionen zu halten: sie sind tückischer wie die Füchse, wilder wie die reißenden Tiere der Wüste und schleimiger als die Weinbergschnecken. Nur die Wäscherinnen tun es ihnen an böser Gesinnung gleich: welche dir niemals die gleiche Anzahl Kragen zurücksenden, die du ihnen überliefert. Ist es aber einmal zufällig die gleiche Stückzahl, so erhältst du sicher eine falsche Gattung: Umlegekragen an Stelle von Stehkragen, weiche an Stelle von steifen oder umgekehrt. Das Monogramm deiner Taschentücher, ursprünglich auf die Anfangsbuchstaben deines Namens lautend, ändert sich von Wäsche zu Wäsche, von Wäscherin zu Wäscherin. Bald hast du so viel Monogramme als Taschentücher: A. H., B. Z., F. J., T. P., A. D. Harmlose Passanten des Lebens, mit den Manieren der Wäscherinnen nicht vertraut, beschuldigen dich des Taschentuchdiebstahls und meinen am Ende gar, es nähre wohl seinen Mann. Wo ist das violette Oberhemd, das ich mir bei einem ersten Schneider für Herrenwäsche in der Perusastraße anmessen ließ, als ich das Honorar für meinen Gedichtband empfangen hatte? – schon nach der ersten Wäsche wechselte es Gestalt und Farbe vollständig: und war zu einer gelbseidenen Unterhose geworden, die ich gar nicht gebrauchen konnte, weil ich keine Unterhosen trage. Ich schenkte die gelbe Unterhose der Malerin Gonhild für ihren tuberkulösen Affen.

Auf der Rechnung, die mir das spitzbrüstige Dienstmädchen überreichte, las ich:

11mal à 2 Mark übernachtet   22 Mk.

Für Verunreinigung der Ottomandecke   3 Mk.

Unerwartet wie ein schlecht parierter Degenstoß fuhr mir dieser Satz: für Verunreinigung ... an die Brust. 40 Minuten vor Abgang des Zuges finden die höllischen Hexen auf letzter Rechnung entlegenster Quälerei märchenhaftesten Ausdruck. Die Wände zitterten und ich schrie. Hinter verschlossener Tür hantierte die gnädige Frau leise und atemlos in der kahlen Küche. Ich betrachtete mir die Ottomandecke. Die braunen Gespensterhände vom Lampenschirm im Zimmer meiner kleinen Freundin krallten sich wieder um meinen Hals. Aber sie wurden zu metallenen Ketten, die ich nicht lösen konnte. Das Dienstmädchen mit den spitzen hölzernen Brüsten klebte noch immer seitwärts an einer Wand.

»Aber das ist ja unmöglich!« – meine Stimme überschlug sich wie im Stimmwechsel, – »ich habe noch niemals eine Ottomandecke verunreinigt. Bin ich vielleicht ein Säufer! Ein Bettp...!« Aus der Wand schallte schüchternes Echo des dienenden Geistes: »Die gnädige Frau meint, sie hätte Ihnen gesagt, daß sie diese Schamlosigkeiten nicht dulde – «

Schamlosigkeiten – ach – jetzt begreife ich – weil meine kleine Freundin gestern nachmittag bei mir war und mir beim Packen der Koffer half – darum habe ich die Ottomandecke ... Mir wird übel und ich bespeie die Wand mit dem Rest meines Mageninhaltes.

Draußen tutet das telephonisch bestellte Auto.

Ich rufe zum Fenster herunter: »Bitte, tragen Sie das Gepäck herunter. Es ist Parterre.«

Eine braune Bierstimme brummt:

»Bin ich ein Packträger?«

Jedem Stand sein Recht. Nur dem Verstand nicht. Er hat recht: der Chauffeur, der nicht unter seinem Stand hantieren darf: denn er ist kein Packträger. Es ist eine Gnade, daß er mich – gegen entsprechendes Trinkgeld – fährt. Er ist, wie die gnädige Frau, ein gnädiger Chauffeur. Aber ach, schon wird er ungnädig, denn es scheinen ihm zuviel Koffer für einen obskuren Reisenden. Sollte ich in geheimer Mission reisen, da ich die Landesgrenze zu überschreiten gedenke?

(Denn dies verriet ihm der fahle Fleck, der sich längs der Wand gelöst hatte.)

Zur Freude eines angesammelten Publikums schleppe ich schwer atmend und hustend (denn ich bin krank) meine drei Koffer aus meinem Zimmer in das Auto, während der Chauffeur, der fahle Fleck und das Publikum zusehen.

Dann sagt der Chauffeur:

»Ich brauche Sie nicht zu fahren. Sie haben zuviel schweres Gepäck. Sie nutzen meine Reifen zu sehr ab.«

Der fahle Fleck schillert grün. Das Publikum grinst über ein einziges Gesicht.

Ich ziehe mutlos und keines Wortes mächtig die Uhr. Es sind noch zwölf Minuten bis zum Abgang meines Zuges. Dem Chauffeur entgeht meine maßlose Furcht und Niedergebrochenheit nicht.

Er drückt mich mit haariger, schwieliger Hand tief in das Polster, als wäre ich ihm noch nicht erniedrigt genug.

»Haben Sie auch Ihr polizeiliches Abmeldungsformular ausgefüllt? Vielleicht sind Sie ein Spion?« Ich sehe, wie hinter dem Glasfenster der Haustür die gnädige Frau, das Retiro ihrer Küche verlassend, schäumend wie zu Eierschaum geschlagen, erschienen ist. Ihre Augen dreht sie wie Pfropfenzieher in meine Stirn, um mir den Gehirndeckel abzuschrauben. Ihre Schraubenaugen drehen sich spiralförmig durch das grüne Glas der Haustür, durch die goldene Luft bis in meine Stirn.

Ich falle im Auto in die Knie.

Ich bete.

Endlich ruckt das Auto an.

Man wirft mir Gelächter wie Steine nach.

Ich sehe den breiten Rücken des Chauffeurs.

Der Himmel hängt wie ein schmutziges Handtuch über die Häuser.

Es regnet.

Herbstlicher Wind geht.

Bald wird Schnee wieder den Blutsumpf überdecken.

Keine Hoffnung. Nur Gram und Gaukelei ...

Ein Leichenwagen rädert uns, rollt über unsere Köpfe hinweg (wir sind das Kopfsteinpflaster): bunt geziert mit den rosigsten Blumen, den blauesten Girlanden.

Am Bahnhof wankt ein Zug aus der Halle, ächzend wie ein asthmatischer Greis.

Der Kondukteur, der abruft, scheint mit Kehlkopftuberkulose behaftet.

Auf dem Bahnsteig stirbt wieder eine Hoffnung: blasses, mondgelbes Gesicht. Sternblonde Frau.

Uns hatte Raserei gepackt: um 12 Uhr nachts nahmen wir eine Taxe und tollten um den Starnberger See herum. Wir fuhren einem kleinen weißen Hunde nach, der lautlos vor unserem Wagen tanzte. Einem kleinen Stern, der über den Wassern stand. Einer Möwe, die zerfloß.

Keine Erfüllung des hingehaltenen Herzens: mit Blut, mit Morgen.

Ein blasser Polizist steht in der Dämmerung der Bahnhofshalle.

Seine Pelerine trieft.

Lebe wohl! Lebe wohl!

Ich fröstele.

Es war später Mittag, als ich das Schiff betrat, das mich nach Irgendland führen sollte. Ratlos rannte ich auf dem Deck der zweiten Klasse zwischen Koffern und Tauen, Matrosen und billigen Passagieren hin und her. Meine Augen waren entzündet von der Wache der letzten Nacht: über dem Abschied des Freundes, der feldgrau in das Kupee sank, über dem abgenutzten Gesang verstaubter Marionetten, bei rot verhangenem Lampenschein: akkompagniert von unerträglichem Burgunderwein und aufdringlich knallendem Parvenüsekt. O letztes Versunkensein im Schoß der kleinen Geliebten: in ihrem heiligen Hain! Die braunen Gespensterfinger, welche aus dem Lampenschirm an der Decke herniedergriffen, sich um meinen Hals krallten, bis ich schrie und schlanker Arme schlichte Macht sie einfach auseinander riß. Gestreiftes Kleid am Boden wolkenhaft. Die schwarzen Bänder: Schlangen unseres Schreis. Und dann im Schrei: ein leiser Ton aus naher Wiege: das Kind!

Um drei Uhr fährt der Dampfer von Lindau nach Rorschach. Höchstens ein Dutzend Passagiere befördert er heute. Ein Dienstmädchen verabschiedet sich lautlos weinend von einem deutschen Ulanen. Der Ulan steht unbeholfen vor Schmerz wie eine braune Holzstatue in der prallen Julisonne. Jetzt tönt die Schiffsglocke. Das Mädchen reißt sich los. Blick hängt an Blick. Sterne leuchten am hellen Tage. Das Schaufelrad rollt durchs gischtende Wasser. Der Dampfer entgleitet. Ist denen am Ufer nur mehr ein weißer Schwan. Nun eine Wolke, die in Luft und Wasser vergeht.

Drüben liegt Deutschland. Ein violettes Farbband, wie von einer Schreibmaschine gerutscht, die monoton und marternd im Ohr klappert: Deutschland ... Deutsch ... land ....

Wie wir dich lieben, wir Fernen, wir Auslanddeutschen. Wie wir alle deine Schmerzen doppelt und dreifach empfinden. Uns peitscht eine widerhakige Geißel den Rücken, da wir dich unfrei und ungelenk sehen, deiner ewigen Größe noch nicht gewiß.

Löwe von Lindau, den ich im Abendgold ahne: spring auf von deinem steinernen Sockel, wachse riesig in die Nacht und wecke die Schläfer mit donnerndem Gebrüll. Und zerschlage, die dich nicht hören, mit eherner Tatze.

Sirenen heulten. Pfeifen schrillten. Rauch, Hand in Hand gefügten Engeln ähnlich, entstieg den Schornsteinen. Am Bug ragte das Sinnbild des Schiffes: ein silberner Adler, der die Fänge spreitete. Denn des Schiffes Namen war: Adler. Ich war betroffen, ob ich es mir gleich nicht erklären konnte, daß das Schiff keinen menschlichen Namen, nicht den Namen eines Menschen, eines Fürsten oder Feldherrn beispielsweise, führe.

»Ja,« sagte ein Matrose neben mir, dem ein Anker in den nackten Oberarm gebrannt war, »der Adler ist eigentlich kein Schiff, sondern ein Vogel, denn er fliegt.«

Die Maschinen im Maschinenraum tackten hinter den Wänden und sie schlugen wie das Herz eines Vogels.

»Seefahren macht besser,« sagte wieder der Matrose und spuckte aus. Und diesmal schien es mir, als wäre er krank wie ich, denn sein Gesicht hatte einen blassen leidenden Ausdruck und seine Augenlider waren violett entzündet. »Seefahren macht besser. Man steht nicht immerzu auf der Erde und spürt nicht immer die Gewalt ihrer geistigmagnetischen Anziehung, die zum Laster und zur Unselbstständigkeit führt. Man wird einsam. Verschwiegenheit wird Notwendigkeit. Die Elemente handeln. Das Individuum nur prahlt. Lügt ein ›Ich‹, das ›Es‹ nicht ist.«

»Aber zuweilen müssen Sie an Land,« bedachte ich vorsichtig.

»Gewiß. Erde wird dann Fleisch und formt sich zur Frau. Die Erdkugel verdoppelt sich in ihren Brüsten. Der Äquator umbraust ihre Hüften. Im Geäst ihrer Augen schaukeln sich die Papageien. Und ihre Arme bewegen sich monoton, groß und weiß wie die Flügel der Pinguine.

Wir leiden am Weibe, darum wird sie uns zur Leidenschaft. Wir liegen in Aden, Genua, Hongkong, Wladiwostok leuchtend über den hübschen Hafenhuren. Aber sehen Sie die »Reisenden«. Den besonnenen Bürger, betulich Wankenden. Was bedeutet ihm ein Mädchen mehr als ein Reflex seines Leibes oder eine Stimulierung erprobter Staatserhaltung! In Tokio war eine Geisha, die wurde deshalb so von den deutschen Reisenden überlaufen, weil sie der deutschen Kronprinzessin glich ....«

Am Bug der silberne Adler rauschte empor: ich sah eine Möwe unserem Schiff vorangleiten. Wie mit zarten seidenen Fäden schien sie an den Dampfer gekettet. Ich warf ihr ein paar Brocken Brot zu, aber sie drehte nicht einmal den schönen Kopf. Ihr Kreischen schallte in regelmäßigen Abständen. Unendlich dehnte sich der See. Wo waren seine Ufer? Die Berge, die ihn blau begrenzten? Die Sonne brannte im Zenith über den Schornsteinen. Die Wellen zischten wie flüssiges Feuer an Backbord. Hin und wieder sprang ein Spritzer bis auf Deck. Da bildeten sich die Tropfen zu wunderlich goldenen Ornamenten und Kreuzen, verzierten Ellipsen, übereinandergebogenen Kreisen.

Die Sonne sank plötzlich, vielleicht von den dicht aus den Schornsteinen quellenden Rauchwolken verdunkelt. Aber in dem Maße, wie sie sank und zwei Grundfarben: grau und gold nur am

Leben ließ, tauchten die Ufer des Sees und die zackigen Gebirge auf, ihr Dasein neu gewinnend und erweisend. Da ließ sich im Graugoldnen die Möwe groß und weiß auf dem Vorderschiff nieder, wie Gottes Aeroplan breitete sie die erstaunlichen und riesigen Fittiche, und ohne Scheu bestieg ich den friedlichen Vogel, der sich sichtlich zur Fahrt in die Lüfte erbot.

Unter mir zog der Dampfer seine schattenhaften Furchen. Ich hörte den Matrosen fernher lachen. Eine Stadt warf tausend Lichter wie Sterne hinauf in den Abend. War es nicht Rorschach? Nun flog der Vogel den Schienenstrang der Bahn Rorschach-Chur entlang. Der Eisenbahndamm wölbte sich wie ein krankhaft herausgetretener Darm aus der Erde. Auf einem Kanal trieb ein mit Kies beladenes Floß. In Buchs drehte sich ein Karussell schillernd auf einer Wiese. Zwischen Buchs und Sargans fand eine militärische Schießübung statt. Die Salven knatterten. Mädchen liefen zwischen den einzelnen Schüssen wie Hasen bei einer Treibjagd ängstlich übers Feld. Die Ernte stand gut. Die Ähren sangen im Abend. In Ragaz aus dem Kurhaus tönte ein Walzer: auf der Terrasse saßen in der lauen Sommernacht Herren im Smoking und Damen in großer Toilette. Die Serviertöchter balanzierten mit Eiscremesoda, Kaffee Melange, Eisschokolade, schwedischem Punsch und Fruchteis zwischen den Tischen. Die Doppeltür zum Saal stand weit auf. Drei diskrete Paare schritten jetzt den Onestep. Ich kam aus einem Lande, das seit zwei Jahren Krieg führt. Dort gab es keine Walzer. Keine kalten Fleischplatten für die lächerliche Summe von l Frank 60. Kein Weißbrot und keine frische Butter zum Morgenkaffee mehr. Ich mußte weinen, und meine Tränen fielen in Sternschnuppen nieder durch die Nacht. Da wünschten sich die schönen Mädchen von Ragaz: die einen einen noch fescheren Tänzer und die andern Umarmung eines heidnischen Gottes angesichts der Taminaschlucht. Aber, ach, beide: der Tänzer und der Gott, sie trugen Militäruniform ...

Der Morgen rötete sich, da landeten wir auf einer Hochgebirgsalm in den Graubündner Alpen zwischen Davos und Arosa. Ein sonderbar bewegliches Leben herrschte auf der frührot blinkenden Wiese, das ich erst allmählich bei den Strahlen der aufsteigenden Sonne zu durchschauen begann.

Im Schutze eines Felsblockes, aus dem ein Quell sprudelte, saß ein schöner junger Mann in Hirtengestalt. Tiere von tausendster Art und Gestalt drängten sich um ihn, und es dünkte mich, als spräche er zu ihnen. Ja: seine Miene war feierlich und er mochte ihnen wohl predigen. Esel und Katzen, Hunde und Grillen, Ringelnattern und Maulwürfe, Fledermäuse und Pferde, Ratten und Kühe lauschten seiner andächtig-bedächtigen Rede. Ich sah auf seine Lippen, die sich anmutig bewegten, ob ich einen Sinn erhasche.

Ich sah in seine Augen: und: wunderbar, wie ich das ganze Gesicht nun erfaßte: war es das Haupt eines Lammes, das auf einem Menschenrumpf saß. Da fiel ich in die Knie und rief den Namen meines Gottes.

»Steh auf,« sprach freundlich das Lamm zu Franziskus, »du sollst, da du der menschlichen Leiden genug erduldet, einer der Unsern werden. Sieh: auch ich bin aus der Gemeinschaft der Menschen geflohen; und wie ich einst der Gott der stolzen Menschen, so will ich nunmehr der Gott der demütigen Tiere werden. Werde ein Tier, Franziskus,« lächelte das Lamm, »und entäußere dich deiner Menschlichkeit: werdet gut wie das Tier, unwissend wie das Tier, rein wie das Tier, arm wie das Tier und ihr werdet das Himmelreich erwerben.«

Da strich das Lamm, der göttliche Hirt, mit seinem Hirtenstab über meine Schulter und meine Gelenke. Und siehe ich wurde kleiner und kleiner: meinem Kopf entsprossen lange Ohren, mein Schädel ward schmal und lang, mein Leib schlank gebogen und sehnig gestreckt.

Fröhlich sprang ich zwischen den ändern Tieren auf der Wiese und es war ein Jubeln und Singen und Zwitschern und Bellen und Brüllen unter ihnen über einen reuigen Sünder, der den rechten Pfad gefunden.

Die Nachtigallen sangen und stießen wie Raketen in die Lüfte. Die Schlangen erhoben sich und züngelten. Die Spinnen schwangen wie Glocken am Strang ihres Gewebes, das zwischen den Felsen eingesponnen war. Die Forellen flammten im grünen Gießbach. Die Eidechsen krochen langsam die Stationen eines Kalvarienberges am Felsen empor.

Nun fanden sie sich zum Reigen. Paarweis schritten sie an dem schönen Jüngling mit dem Lammgesicht vorbei: der Löwe mit dem Esel, der Fuchs mit der Ente, die Spinne mit der Fliege, der Wolf mit der Ziege; an ihrem Ende aber schritt Franziskus fromm mit der Katze.

Die Hündin Maria, dem Grafen von Wind gehörig, warf im Hochsommer 19... zwei Junge, unter einem Haselnußgesträuch unfern des Eisenbahndammes, der zwei Kilometer vom Gut entfernt einen eleganten S-förmigen Bogen schlug. Das Geschrei des Tieres wurde übertönt vom heranbrausenden Mittagszug.

Die Sonne stand fast im Zenith.

Auf den Feldern die Dirnen und Knechte machten sich zum Heimweg fertig.

Die Mägde banden sich ihre roten, blauen, grünen Kopftücher um und ließen die hochgeschürzten Röcke herunter, was zu allerlei drallen Scherzen Anlaß gab. Unter dem gestreiften Kattun der Oberröcke standen die Brüste in das Korsett gezwängt, metallen. Die Knechte atmeten schwer. Dicker Schweiß perlte auf den rostigen Stirnen. Sie zündeten sich Zigarren und Zigaretten an: eine Sport oder Virginia.

Der Aufseher stieg, würdig wie ein Storch, über das Feld. Die Magd Katja, eine Polin, lachte. Sie lachte immer, wenn sie den Inspektor sah, denn er schien ihr von jener bleibenden Komik der Unwirklichkeit.

War es möglich, daß dieser spaßige Inspektor existierte? daß er mit ovalen Beinen umherspazierte und daß er ihr wirklich in die Wangen kniff?

O: er kniff ihr niemals wirklich in die Wangen. Er kniff immer in die Luft.

Hinter Katja streunte der Hütejunge, welcher Katja liebte. Aber sie bemerkte ihn nicht, wenngleich sie sah, daß er sich um sie quäle. Seine Augen waren leicht entzündet von heimlichen Lastern, das Weiße der Augen glänzte gelb wie billiges Goldpapier. Seine Blicke gingen unruhig über die Spitzen der Gräser und über die Köpfe der Menschen hinweg. Wenn sie Katjas Gegenblicken begegneten, brachen sie plötzlich ab wie mitten durch geknicktes Rohr. Als er an dem Haselstrauch vorbeikam, in dem die Hündin Maria soeben geworfen hatte, hörte er ein leises Winseln: er bog die Zweige zurück und erkannte Maria, über der zwei winzige Hunde lagen.

Mit einem großen wissenden Blick sah ihn das Tier an. Er erschrak.

Von Katja verstoßen, hatte er sich der Hündin Maria genaht.

Er sah sich ängstlich um und betrachtete die beiden jungen Hunde aufmerksam, ob sie Menschenähnlichkeit hätten. Er zog ein zerbrochenes Stück Spiegel aus der schmutzigen Tasche und verglich sein und der jungen Hunde Gesichter.

Die Augen der jungen Hunde waren noch verklebt. Aber er fand, beinah zärtlich, zwischen der Kopfform des einen Hundes und der seinen eine gewisse eckige Ähnlichkeit. Leise streichelte er den kleinen Hund, während die Hündin seine Hand leckte.

Der alte Graf von Wind saß auf der Terrasse des Schlosses beim Nachmittagstee, behaglich sich in einen bequemen Korbstuhl verbreiternd, mit der Lektüre der »Staatszeitung« beschäftigt, aus der ihn dann und wann ein beschaulicher Blick in die Voralpenlandschaft entführte – als Gonhild mit den beiden jungen Hunden auf den Armen im weißen Musselinkleid durch die Akazien-Allee, dann über den freien Platz mit dem Springbrunnen, zwitschernd auf ihn zusprang: »Papa,« rief sie, noch in den Bäumen, »Maria hat gestern Junge bekommen. Sieh nur!«

»Das ist ja eine phänomenale Neuigkeit,« lachte der Graf behaglich über sein rotes Gesicht. »Bekommt die Maria Junge. Sieh mal an.«

»Papa,« das Mädchen wiegte halb schüchtern den Kopf, »schenk mir die kleinen Hunde.«

»Aber Gonhild! Ich denke, du hast deine Puppen!«

»Ich mag nicht mehr mit Puppen spielen. Ich bin jetzt vierzehn Jahre alt.«

»Kind, zum Puppenspielen ist eine Frau nie zu alt. Du wirst die Tiere unwissend quälen und kränken. Sie haben ein Herz, Gonhild, wie du und ich.«

»Papa, ich fühle die kleinen Herzen an meiner Brust schlagen.«

»Höre, Gonhild, das eine der beiden Tiere ist ein Hundefräulein. Der Inspektor hat mir schon von dem Familienereignis erzählt. Das Hundefräulein, das läßt du mir oder dem Inspektor. Ein Hundefräulein wird sehr früh kokett gegen die Hundejungen und ist schwer zu erziehen. Du würdest deine Not damit haben. Aber den Hundebuben darfst du behalten – wenn du einmal verheiratet sein wirst und ein Kind haben willst, was soll es da sein: ein Bube oder ein Mädchen?«

»Ein Bube natürlich, Papa!«

Gonhild warf sternhaft milde Strahlen über die Wangen. »Siehst du! Also behalt den kleinen Hundesohn!«

Gonhild griff nach der zarten, ein wenig behaarten Hand des Grafen und küßte sie zurückhaltend, ihre Freude kaum bändigend.

»Vielen, vielen Dank, Papa.«

Gonhild nannte ihren kleinen Hund Franziskus. Sie taufte ihn, indem sie ihn unter den Brunnen auf dem Wirtschaftshof hielt, bis er ganz durchnäßt war und vor Unbehagen um sich biß. Aber seine Zähne waren noch so unentwickelt, daß er ihr nicht weh tat. Der Graf war entsetzt, als er hörte, daß Gonhild ihn Franziskus getauft habe.

»Aber, Kind, wie kommst du auf den Namen! Das ist doch kein Hundename! Hunde nennt man: Cäsar, Joli, Chiffon, allenfalls Peter. Warte, wenn das der Herr Kooperator hört, daß du deinen Hund nach einem Heiligen nennst!«

»Tiere haben viel von den Menschen zu erdulden. Sie tragen in Demut ihre Schmerzen, ganz wie die Heiligen.«

»Du führst eine scharfe Dialektik. Ich wußte nicht, daß ich ein so kluges Kind habe.«

Gonhild lachte.

»Ich glaube, dem Herrn Kooperator wäre es lieber, ich wäre dümmer. Er sagt mir immer, er könne die klugen Leute nicht leiden, weil die klugen Leute an kein Wunder mehr glauben.«

»Kind –« der alte Graf wurde ernst – »darin hat der Herr Kooperator nicht recht, gerade die klügsten Leute glauben an die größten Wunder. Sie haben den starken Glauben, den Glauben der Klugen und Mächtigen.«

»Der Herr Kooperator glaubt also nur an die Dummheit. Deshalb spricht er auch immer so eingehend mit Fräulein Mimi.«

»Gonhild, du wirst ungezogen. In solchem Tone spricht man nicht von seiner Gouvernante.«

Gonhild schmiegte die Wange an das zarte braune Fell des Hundes.

Der Graf erhob sich sporenklirrend, denn der Reitknecht führte eben den Wallach Wuz vor.

Gonhild sah ihm nach, wie er um die Ecke am Schweinekoben verschwand.

Der Hund schnüffelte in die Luft und suchte nach Gerüchen.

Franziskus sprang zu den Sternen empor. Er haschte nach ihnen wie nach Libellen. Der Mond zog im Bogen über seine Stirn. Sonne brach sich vielfältig in den Fazetten seiner Augen, die zuweilen tot glänzend wie brauner Achat aus dem weichen Gesträuch seines Felles sahen. Wie wurde, was er nicht zu benennen wußte, und was sich ihm als Welt bot, durch das große Licht erhellt! Nie aber glaubte er dem Wirklichen, fest Bestehenden. Er sah hinter das Antlitz der Dinge und erkannte früh, daß in der unschuldig grünen Wiese, die so heiter blühte, Wolfsgruben und Fußangeln versteckt waren, aus denen man die Pfoten nur mit schweren Wunden riß. Oder er sah das Lächeln eines Menschen, welches ihn trog und, als er spielend herzusprang, Steine nach ihm warf. Leben und Tod war nicht das gleiche, welch ersteres schwebend sich bewegte, welch letzteres unbezwinglich drohte. Zwischen Bäumen und Menschen, Schmetterlingen und Blumen begriff er keinen wesentlichen Unterschied. Und erbittert spreizte sich sein Gehirn, als ihn ein Knecht mit dem Sensenstiel schlug, weil er, wie an einer Tanne, das Bein an ihm erhob. Die Bäume standen still, waren der Wanderung beraubt, während die Menschen gingen von hier nach dort. O er wünschte wohl manchmal, sie verständen sich besser auf das Stehenbleiben, die Welt gleich einem Kreis um sich beschreibend, ruhend und beruhend nur auf sich. Er, Franziskus, freilich liebte den wilden Tanz, den Lauf der fliegenden Zeit, wenn die Kilometersteine an ihm vorüberrannten. Er lief über schmale Brücken, nur durch einen umgelegten Baum dargestellt, und das Wasser rauschte unter ihm. Er hüpfte auf schmale Mauern, wenn große Hunde rechts und rauhe Kinder links ihn bedrohten. Und über aller Lüsternheit und Quälerei brannte leuchtend die erhabene Laterne, von Wolken oft und oft von Widersinn umflackert. Ihr warmer Schein tastete wie eine milde Hand nach einem, wenn man mittags auf der Schwelle vor dem Hause lag, die Mücken summten und aus der Küche gedämpftes Klappern der Teller und Schüsseln, welche von den Mädchen gespült wurden, in den Traum der Ruhe klang. Da fühlte man so recht, daß man gesegnet war. Ein schräger Blick schielte zum Fenster Gonhilds empor, die auf einer Chaiselongue sich rekelte und einen harmlosen französischen Roman las, bei dem sie ein angenehmes Schauern im Rücken empfand, denn man hatte ihr französische Romane verboten, Orgien sprichwörtlicher gallischer Unsittlichkeit in ihnen stets argwöhnend.

Das Angesicht der Welt, das sich Franziskus in den ersten Monaten seines Daseins in freundlicher glatter Rundung gezeigt hatte, runzelte sich nunmehr und bekam Schroffen, Ecken und Kanten.

Er lief zwischen den Gassen des Dorfes Spießruten. Die Häuser schienen über ihn herzufallen. Türmten sich übereinander und polterten hernieder. Die Tore der Gartenzäune kniffen seinen Schwanz ein, wenn ihn die Sehnsucht in fremdes Land trieb. Der Turm des Schlosses neigte sich schwer über ihn, um ihn mit steinerner Tatze zu erdrücken.

Vom Kirchturm scholl die Feuerglocke und ängstigte ihn. Da stiegen Feuergarben aus Scheunen und fraßen das Dunkel.

Verkohlte Schweine rasten quietschend über die Chaussee. Pferde wieherten und die kahlen Kaninchen wimmerten. Mit schlenkernden Eimern liefen die Menschen schreiend durch das Elend.

Ein Tier, das Franziskus noch am Tage zuvor am Leben bewundert hatte: ein stolzer funkelnder Pfau lag angebrannt und vom Feuer gerupft tot und nackt neben einem umgestürzten Jaucheeimer.

Maßloser Schmerz der Kreatur, die sich vernichtet sieht! Franziskus erschrak. Und taumelnd bedachte er, daß er an Stelle des schwarzen ehedem so bunten Pfauen hier neben der umgestürzten Bosheit läge, wenn er, wie ursprünglich geplant, die Nacht auf einem der Heuböden verbracht hätte. Er lief, um Gonhild zu suchen. Er suchte sie, die Nase am Boden, im Trubel der Brandstätte. Aber der Brandgeruch, der alle anderen Gerüche übertäubte, machte ein Finden unmöglich. Da lief er die Pappelallee zurück nach dem Schloß.

Er sah sie im fließenden Nachtgewand wie einen Mond auf dem Balkon stehen und den rötlichen Himmel betrachten. Er hörte, wie sie den fernen Geräuschen lauschte. Leise bellte er, um sich bemerkbar zu machen, denn ein unendliches Gefühl zu Gonhild schwellte seine Brust. Sie beugte sich über das Balkongeländer und rief: »Franziskus!«

Da schnob er durch die offen gelassene Tür des Gartensalons in das Haus, klinkte mit den Vorderpfoten die Tür nach der Halle auf und hüpfte die Stiege herauf. Auf halber Treppe kam ihm Gonhild entgegen.

Er sprang sie an und sie drückte ihn an ihre Brust, die unter dem dünnen seidenen Nachtgewand bei seinem Ansprung zart bebte.

Sie streichelte seinen Kopf.

Seine Augen zitterten und er fühlte nur dies: ich lebe! ich lebe!

Der Hütejunge lag inmitten seiner Ziegenherde auf einem Hügel oberhalb des Dorfes und blickte auf das Dorf und das Herrenhaus hinab.

Er schleuderte die Faust gegen das Schloß: Reiche Leute! Vornehme Leute! Sie haben alles, was der Mensch zum Leben braucht: Geld, Glück, Adel und Liebe.

Ihn knechteten sie. Seine Verkommenheit nützten sie. Er war ein Sklave irgendeiner lässigen Gebärde des Grafen. Irgendeines abweisenden Winkes der Gonhild. Katja verlachte ihn. Der Inspektor gab ihm einen Fußtritt. Sie machten ihn zu einem Tier unter seinen Tieren. Aber immer noch besser ein Tier als ein solcher Mensch.

Ihn schüttelte das Grauen und er griff in die Tasche nach einem zerlesenen Exemplar des Neuen Testamentes, in dem er las, ohne Verständnis, aber mit Glauben und mit einer gewissen heiligen Ahnungslosigkeit.

Selig sind die Friedfertigen, denn das Himmelreich ist ihrer. O: er war gar nicht friedfertig. Er konnte hassen. Und bitter begehren. Wenn aus dem Brunnen der Sinne die grünen Dämpfe stiegen.

Er pfiff seiner Lieblingsziege und lockte sie mit einem frischen Bündel Klee.

Als sie nahe kam, zog er sie an sich heran und begann an ihrem Euter zu spielen.

An die Hündin Maria wagte er sich nicht mehr, seit sie geworfen und er der Geburt des Franziskus zufällig beigewohnt hatte.

O: einer von den Herren sein! Im Herrenhaus wohnen! Eine Gonhild als Tochter oder als Gattin haben!

Seufzer durchschnitten seine braune Brust.

Die Ziege meckerte milde.

Oder in den großen Städten wohnen, unter Millionen von Menschen!

Das Amerika der Schundliteratur, billiger und böser Hefte zu zehn Pfennig, entband sich seinem gläubigen Geiste. In hundert Stockwerken erglänzte mächtig am Hafen mystisch das Haus. Die Säule der Freiheit stieg aus den brandenden Wogen, gekrönt mit dem geflügelten Genius der Barmherzigkeit. Natt Pinkerton, der Meisterdetektiv, räucherte die Verbrecher (deren manche wohl auch elegante graue Gehrockanzüge und Blumen im Knopfloch tragen wie der Graf!) wie Ratten aus den stinkenden Kloaken der Großstadt.

Immer Frauen haben können, so viel man will! In Chikago durch die dumpfen Gassen schleichen, wie eine Schlange sich um Negerinnen, Chinesinnen, Japanerinnen winden! O das fremde heiße Blut! Und doch bleibt Inbegriff Verlangens, Inkarnation himmlischer Genüsse: das Blonde, Goldne: Gonhild.

Er legte plötzlich das Ohr an den Erdboden und lauschte. Es nahten Schritte.

Mit einem Schrei verscheuchte er die Ziege.

Sein Herz schlug bis an die Haarwurzeln am Kopf. Er fühlte sein Herz an die Stirn wie mit einem kleinen Eisenhammer schlagen.

Er kannte die Schritte.

Wenige Sekunden und Gonhild ging, von Franziskus begleitet, ohne Gruß an ihm vorüber.

Feindschaft hob die Fahne gegen Franziskus. List umlauerte ihn. Tücke tobte um seinen Turm.

Katja, die Lust an Quälereien hatte, stach ihn heimlich mit Stecknadeln, daß er wehrlos schrie. Denn da ihm Katja von wenn auch niederer aber dennoch gleicher Art wie Gonhild gefügt zu sein schien, wagte er sie nicht zu beißen und wußte nicht, ob er sie Feindin oder Freundin nennen sollte; denn sie lächelte, wenn sie ihn stach.

Der Hütejunge, der in Franziskus den steten und starken Begleiter der Gonhild haßte, warf mit Steinen nach ihm. Aber Franziskus bog den geschmeidigen Leib und wurde nie getroffen. Dennoch war der Hütejunge der erste, welcher in ihm Gefühle der Feindschaft erzeugte: Zwang zum Sprunge, Röte vor den Augen, heiseres Bellen, Sehnsucht der Zähne nach der Kehle des Angreifers – Gefühle, die er früher nicht gekannt.

Aber noch wußte er sich zu zähmen: Andacht und Anblick der Gonhild stets im Herzen. Demut beschlich ihn, wenn er sie sah, und er glaubte, vom großen Geist zu ihrem Diener erkoren zu sein. Er, der keinen Herrn zu dulden willens war und der die befehlshaberischen Späße selbst des Grafen freundlich, aber frei und bestimmt ablehnte, er rief: Gonhild! Herrin! Eines Tages nun kam er in zärtlicher Ahnungslosigkeit einigen ganz jungen Katzen, welche die Katze Mignon vor einer Woche geworfen hatte, spielerisch zu nahe. Die jungen Katzen, die er mit sanfter Tatze streichelte, pfiffen ängstlich. Fauchend fuhr aus dem Gebüsch die erregte Mutter auf ihn los. Ihre grünen Augen zischten, ihr Rücken war gekrümmt und der

Schwanz stand wie eine Lanze hinter ihr. Franziskus suchte sie, milde knurrend, zu besänftigen, da er die Reizbarkeit der Mutter zu achten willens war. Umsonst: sie warf sich gegen ihn und ihre Vorderpfoten gruben blutige Furchen in sein Antlitz. Da brüllte er auf. Seine Güte wurde verkannt; seine Liebe mißachtet. Er duckte sich, schnellte empor und fuhr ihr an die Kehle. Seine Augen röteten sich rasend. Er sah nur Blut. Die Welt war in Blut getaucht. Das Licht träufle Blut. Tief gruben sich seine Zähne in das winselnde Tier.

Als er von ihr ließ, fiel sie wie ein Stein zu Boden.

Ängstlich pfeifend liefen die jungen Katzen herbei und versuchten, an ihren toten Brüsten zu saugen.

Gonhild wurde gefirmt. In einem mondweißen Kleid, einen grünen Kranz im blonden Haar, eine kostbare goldbeschlagene Wachskerze in Händen schritt sie zur Kirche.

Franziskus folgte andächtig.

Am Eingang der Kirche blieb er stehen; Gonhild wandte sich um, nickte ihm zu, und Franziskus legte sich an der Pforte nieder, betreut von zwei steinernen Heiligen, die das Tor bewachten.

Eine Ahnung ergriff Franziskus: daß ihn mit diesen Heiligen in Stein ein nicht zu erfassendes Etwas verband.

Er hob den Kopf aufwärts und seine klugen braunen Augen suchten die Stirnen der Steinernen.

Da war es ihm, als neigten sie sich brüderlich zu ihm herab. Der heilige Martin trat aus der Säule, und Franziskus fühlte schaudernd die beharnischte Hand des Heiligen sein Rückenfell streicheln.

Wohlig sank er unter der steinernen Faust zusammen, den Kopf auf die Vorderfüße gelehnt.

Stein hielt ihn von oben und unten in strengem Maß. Wie ein Bernsteingeschöpf strahlte er in der Sonne.

Aus der Kirche klang die Orgel. Die Töne schienen ihm fremden Wundertieren entsprungen und doch irgendwie hündisch. Die Orgel brauste.

Der Hund sprang empor und bellte heilig zu Gott.

Franziskus feierte seinen ersten Geburtstag. Er erfuhr von der Festlichkeit dieses Tages dadurch, daß Gonhild ihm am Morgen eine blaue Schleife um den Hals band, auf die sie mit Gold die Worte gestickt hatte: Mein Liebling. Sie führte ihn vor einen kleinen gedeckten Tisch, ihren ehemaligen Kinderspieltisch. Auf dem Tisch brannte eine rote Kerze inmitten eines Napfkuchens. Ein Kotelett duftete auf einem Teller. Ein Kranz Würste schlang sich anmutig um die Kuchen.

Franziskus legte die Vorderpfoten auf Gonhilds zarte Schultern und bellte dankbar. Gonhild umarmte ihn. Ihre Augen blickten feucht.

Der Graf machte eine groteske Reverenz vor Franziskus und hielt eine kleine Rede auf ihn, sein Glas Portwein, das er zum Frühstück zu trinken pflegte, in der Hand.

»Franziskus, ich habe dich zum Freund und Wächter meiner Tochter bestellt. Sei auch fürder ihr ritterlicher Anwalt und treuer Kavalier.«

»Papa,« Gonhild sah Franziskus aufmerksam in die Augen, »ich glaube, Franziskus versteht dich.« –

Franziskus war den ganzen Tag sehr heiter gestimmt.

Nachmittags begab er sich in den Wintergarten, um seinen Freund, dem Papagei Konsuelo, einen längst versprochenen Besuch abzustatten.

Konsuelo, ein feiner und sehr gebildeter Vogel, der aber trotz seines hohen Alters von neunzig Jahren eine große Geckenhaftigkeit und Eitelkeit zur Schau trug, hatte sich seine hellgrünen Feiertagshosen und eine rote Jacke angezogen. Er vermochte nämlich durch eine sonderbare innere Kraft die Farben seines Federkleides regenbogenförmig nach Wunsch und Sehnsucht leuchtend zu bestimmen.

Konsuelo empfing ihn hüstelnd.

Er saß auf einer Stange unter einer argentinischen Palme. »Die Gesundheit, mein Lieber, ist das höchste Gut des Greisenalters. Sie kommt mir mehr und mehr abhanden.« Franziskus ließ einige Worte des Bedauerns hören und sagte:

»Wissen Sie, daß ich heute ein Jahr alt bin?«

Der Papagei wiegte bedächtig und bedenklich seinen Kopf und betrachtete ihn fröhlich mit herzlicher Herablassung.

»Der Tausend! Ein Jahr! Und natürlich kommt sich der junge Springinsfeld schon weiß Gott wie alt und erfahren vor.«

»Ich habe mancherlei erfahren in dem Jahr, Konsuelo, das dürfen Sie mir glauben,« eine Falte legte sich zwischen seine Augen. »Ich bin geliebt und gehaßt, verehrt und verachtet worden. Habe Schmerz und Lust empfunden, das Gute gewollt und das Schlechte getan – und was kann es mehr geben in einem Leben und dauere es auch tausend Jahre? Ich will Ihre hundert Jahre, denen ich Ehrfurcht entgegenbringe, nicht herabsetzen, Konsuelo. Sie haben hundertmal das erduldet, was ich einmal erduldet habe. Man schuldet Ihnen viel. Ihr Dasein ist ein Denkmal Gottes.«

»Sie glauben an Gott?«

Der Papagei krächzte belustigt.

Franziskus stand wie eine Statue aus Eisen.

»Ich glaube an Gott und mein Verlangen brennt, ihn einmal zu betrachten. Gott wird Augen haben wie ein Hund, den Gang und die Gestalt einer Gonhild und einen Mantel wird er tragen, Konsuelo, wie Sie.«

Um die Zeit der reifenden Trauben hielt ein brombeerhaariger Italiener namens Farina mit einer Kolonne grell bemalter Wagen seinen Einzug auf der sogenannten Kirmeswiese, die, nahe der Pappelallee, zwischen Dorf und Schloß gelegen ist. Zelte wurden entfaltet, Bankreihen errichtet und einige gebrechliche, mit schmutzigem blauen Samt versehene Stühle als Logenplätze aufgestellt. Lange Stangen stachen in die Luft. Ein wackliges Holzpodium gab sich ein gewichtiges Ansehen. Seile liefen zwischen einzelnen Stangen und über dem Podium war ein Netz gespannt, das berufen war, etwaige Fehltritte des Seiltänzers aufzufangen. Dieser, ein siebzehnjähriger blonder Triestiner, fiel nun aber bald in die Netze der schlimmen Katja. Das Erscheinen der Artisten rief im Dorf und in der Gesindestube des Schlosses großes Aufsehen hervor. Jeden Abend wohnte viel Volk der Vorstellung bei, die unter freiem

Himmel vor sich ging. Der Hütejunge stand auf dem Stehplatz, blickte mit brennenden Augen nach dem Schlangenmädchen Rosina, die ihre schlanken Beine graziös über die Schultern warf, und schob sich scheu hinter einen Baum, wenn der Zwerg Pepito mit dem Blechteller sammeln kam.

Auch Gonhild bat eines Abends den Grafen, die Arena Il Gondoliere (diesen den Dorfbewohnern unverständlichen Namen führte das Kunstinstitut) besuchen zu dürfen. Sie zog sich ihr kleines braunes Pelzjackett an, da es schon herbstlich fröstelte, wand ein seidnes weißes Tuch um ihre sterngelben Haare und lud mit klingender Stimme Franziskus und ihre Gouvernante Mimi, welche in ihrem Leben eine unscheinbare Rolle spielte und selten einmal hervortrat, ein, sie zu begleiten.

Herr Farina in eigener Person wies den Damen zwei der gebrechlichen, mit blauem schmutzigem Samt überzogenen Stühle an und machte eine ehrerbietige Verbeugung, bei der er den linken Fuß ein wenig zurückgleiten ließ. Franziskus sprang auf den freien Stuhl rechts von Gonhild. Das Spiel nahm mit einigen Clownerien des Zwerges Pepito seinen Anfang. Als die Bosheiten des Zwerges Herrn Farina, der den dummen August agierte, zu bunt wurden, nahm er den Zwerg in seine Hände und steckte ihn in eine Regentonne, hoch auf platschte das Wasser, und Gonhild schrie leise, denn sie glaubte, der Zwerg würde nunmehr ertrinken. Aber die Tonne schwankte, fiel seitwärts, und munter meckernd entstieg ihr unten der triefende Zwerg. Es zeigte sich, daß die Tonne keinen Boden hatte. Beifall klapperte von den Bänken und Gonhild klatschte erlöst in die Handschuhe.

Nun begab sich der junge Seiltänzer, von Katja mit ängstlichen Augen verfolgt, an die Arbeit. Er schritt leicht und von den Sternschnuppen der Nacht wie mit einem Heiligenschein umwoben rosa glänzend über das Seil, als ginge er auf festem Erdboden.

Auf dem Programm war als dritte Nummer Giulietta vermerkt. Der Name Giulietta hatte keinerlei charakterisierende Äußerung bei sich und wurde nur von einigen Fragezeichen umkränzt.

Mit Spannung sah man dieser rätselhaften Nummer entgegen.

Die Glocke schellte und auf das Podium trat Giulietta. Franziskus schlug an; seine braunen Blicke glühten heiß. War hier Erfüllung seiner Sehnsucht? Liebe über Gonhild hinaus? Anbetung der Vollkommenheit? War jenes zierliche weiße Geschöpf, welches auf den Hinterbeinen über das Podium wandelte, noch ein Hund? War es nicht durch Mühe des Müssens, durch Ausbildung einer seltenen Innerlichkeit über sich hinaus gelangt? Nunmehr überschlug es sich dreimal und flog wie ein Vogel durch die Luft. Franziskus lauschte dem Gesang dieses Vogels. Dann schnellte es durch drei feurige Reifen, ohne auch nur ein Haar seines reinlichen Felles anzusengen. Darauf setzte es sich, wie eine menschliche Dame, auf einen winzigen Stuhl und, nachdem es ausgeruht, verabschiedete es sich mit Winken der Vorderpfoten vom Publikum, indem es die Treppe vom Podium herabstieg.

Franziskus war außer sich. Es litt ihn nicht mehr auf seinem Stuhl an Gonhilds Seite. Er wagte auch nicht, ihr in die Augen zu sehn. Mit einem Sprung war er in der Nacht verschwunden.

Gonhild war von der Gelehrsamkeit und den Kunststücken der zierlichen Bologneser Hündin bezaubert.

»Franziskus, du solltest auch tanzen können wie die feine Welsche!« lächelte Gonhild und warf ihm ein Stückchen Zucker zu. Sie saß am Frühstückstisch auf der Terrasse, der reichlich mit Eiern, Schinken, Schokolade, Konfitüren und weißem Brot bestellt war und las einen Brief, den ihr der Graf soeben gegeben.

Ein junger Maler von der Münchener Akademie empfahl sich in höflichen und gewandten Worten dem Grafen zur Restaurierung der alten holländischen Gemälde des Schlosses. Der Preis, den er für seine Mühe forderte, war ein äußerst bescheidener, und der Graf schien dem Anerbieten nicht abgeneigt. Er fragte Gonhild um ihre Meinung. Gonhild betrachtete mit gekräuselter Stirn die regelmäßigen männlichen Schriftzüge, die ihr den jungen Maler irgendwie auf eine gefährliche Art vertraut machten. Verführung lockte aus den einfachen Sätzen. Ein unbestimmbarer Geruch stieg aus ihnen.

Franziskus hob die Nase in die Luft.

Er witterte einen Feind.

Gonhild zitterte.

Sie lehnte sich an die Balustrade und warf einem Huhn, das sich in den Ziergarten verirrt hatte, Brotkrümel zu.

Mimi klapperte, mit dem Abräumen des Geschirrs beschäftigt.

Fern im Morgendunst zeigte sich die Linie des Gebirges. Wie die Fieberkurve, wenn man Influenza hat, dachte Gonhild.

Der Graf klopfte ihr auf die Schulter. Sie schrak zusammen.

Habe ich etwas Böses getan? dachte sie.

»Nun?« sagte der Graf, »was meinst du, sollen wir den jungen Mann kommen lassen? Einmal muß die Arbeit doch getan werden.«

Gonhild wurde blaß.

»Wie du willst, Papa.«

Franziskus knurrte leise.

»Also gut,« sagte der Graf, »hoffentlich hat der junge Mann erträgliche Manieren und reine Fingernägel. Mit den obligaten langen Haaren und dem Samtjackett werden wir uns schon abfinden müssen ...«

Gonhild beschäftigte sich jetzt sehr viel mit Franziskus. Sie wollte, daß er solche Kunststücke vollführen lerne, wie die kleine Bologneser Hündin der Arena Il Gondoliere.

Er mußte auf seinen Hinterbeinen gehen, während sie ihm eine Leckerei vor die Nase hielt.

Er sprang in elegantem Bogen durch einen meterhoch gehaltenen Reifen. Nach den Klängen eines Grammophons drehte er sich sinnlos im Kreis.

Er apportierte Steine und holte Holzstücke aus dem Fluß. Er gehorchte mit einer freundlichen Nachsicht gegen Gonhild, weil er sich ihr überlegen glaubte, und sich, je mehr sie sich mit ihm beschäftigte, um so mehr von ihr entfernte. War nicht Giulietta ein größerer Geist? Es war nichts Übermenschliches an Gonhild; waren aber nicht überhündische Kräfte in Giulietta rege und war sie nicht also über sich hinaus gelangt?

Der junge Maler, der eines Morgens von der Münchener Akademie kommend im Schlosse eintraf, enttäuschte den Grafen auf das wunderlichste und angenehmste. Er trug weder einen Florentiner Hut noch ein schwarzes Samtjackett. Auch schienen seine Fingernägel eitel gepflegt und manikürt. Beim Essen bewegte er das Besteck mit einer vollendeten Sicherheit und Anmut.

Er hatte helle blaue norddeutsche Augen, isländisch Haar und den wiegenden heiteren Gang eines Matrosen. Sein Anzug bestand aus weiten grauen Hosen, die durch einen amerikanischen Gürtel über dem rohseidenen Hemd zusammengehalten wurden, einem grauen Jackett, Stehumlegekragen mit silbergrauer Schleife, braunseidenen Strümpfen und gelben Halbschuhen mit breiter Kappe.

»Sonderbar, unsere neue deutsche Jugend!« sagte der Graf. »Sollte man in ihm noch einen Künstler vermuten? Sieht er nicht aus wie ein Amerikaner? Ist er nicht ein eleganter junger Herr? Man könnte ihn bei Hofe vorstellen, und er würde sich nicht im Ton vergreifen. Weiß Gott, Gonhild, ich habe ein wenig Angst vor dieser Jugend. Sie ist mir zu sicher. Sie kann zu viel. Ich will mich hängen lassen, wenn unser Maler nicht schießt, jagt, fischt und reitet wie ein Edelmann. Und dabei malt er noch!«

Gonhild sah in ihren Schoß.

Sie hatte sich an die Erscheinung des Malers noch nicht gewöhnt. Fraglos hatte auch sie einen ungekämmten unordentlich gekleideten genialischen Burschen erwartet, der sich mit ihrer Vorstellung von der Fragwürdigkeit jeglicher Kunst und der Unsauberkeit ihrer ausübenden Jünger vertrug.

Statt dessen sah sie sich einem jungen Herrn gegenüber, der sich in seiner unauffällig gewählten exakten Kleidung in nichts von den jungen Herrn ihrer Gesellschaft unterschied, der sich vor ihnen höchstens durch eine wohltuende Frische und durch ein, wie es schien, begründetes forsches Selbstvertrauen auszeichnete.

Mißtrauisch machte sie gegen ihn nur jenes Gefühl, das sie beim Lesen seines Briefes empfunden hatte, und die Haltung des Hundes Franziskus.

Franziskus zeigte sich dem Maler gegenüber äußerst unfreundlich und zurückweisend.

Vielleicht hatte seine Antipathie auch seinen Grund in den wenig schmeichelhaften Beinamen, die der fröhlich aufgelegte Maler ihm verlieh: »Bettvorleger! Fußsack!« – ironische Degradierung, die Franziskus wohl begriff.

Franziskus sollte, vermöge eines von Gonhild ausgedachten Klopfalphabetes, sprechen lernen. Bei a mußte er einmal, bei b zweimal und bei c dreimal und so fort klopfen. Franziskus tat ihr gutmütig den Gefallen, vor ihr als gelehrig und gelehrt zu erscheinen. Auch lernte er auf Fragen nicken oder den zottigen Kopf schütteln. Er war mit seinem Herzen gar nicht bei den Lektionen. Er dachte an Giulietta und an den Maler. Was stand ihm, Franziskus, bevor? Morgen abend war Abschiedsvorstellung der Künstlertruppe; er mußte unbedingt einen Versuch machen, mit Giulietta zusammenzutreffen. Ahnte sie, daß in ihrer Nähe, in der Umgebung des kärglichen Dorfes einer weilte, der gesonnen war, sich ihr darzubringen? Vorübergehend beunruhigte ihn der Gedanke eines Verrates an Gonhild und er klopfte mit schlechtem Gewissen ihren Namen.

»Was rufst du meinen Namen, Franziskus?« fragte Gonhild zärtlich.

Aber der Hund sah stumm zu ihr empor und schüttelte seinen braunen Kopf.

Gonhild und der junge Maler ritten am Nachmittag nach dem Kaffee durch den Wald zum Vorwerk. Franziskus hätte alle Ursache gehabt, sie zu begleiten und ein Auge auf den Maler zu haben. Aber der augenblickliche Rausch seiner Leidenschaft für Giulietta verblendete ihn und trieb ihn auf die Kirmeswiese.

Die Arena war mit einer kleinen Menagerie verbunden.

Ein schmutziger Affe hockte verdrießlich in einer Kiste, die zum Käfig umgewandelt war, und fraß Apfelschalen. Wellensittiche kreischten. Ein blinder Fuchs, der mit einer Kette an einen Pflock gefesselt war, scharrte in Abfällen. Herr Farina stand in der Tür des Reisewagens und rauchte eine Virginia. Das Schlangenmädchen Rosina kämmte sich vor einem zerbrochenen Spiegel die kümmerlichen Haare. Sie hatte ein phantastisches Gewand, halb Kleid, halb Decke um den Leib geschlungen.

Bettvorleger! dachte Franziskus und sah erzürnt den Maler.

Der Zwerg Pepito neckte den blinden Fuchs, indem er ihm einen Knochen vor die Nase hielt und immer wieder zurückzuckte.

Dem Fuchs floß Speichel aus den Lefzen. Herr Farina lachte dröhnend.

Pepito quietschte. Franziskus fuhr ihn bellend an, daß er erschreckt den Knochen fallen ließ und die Treppe zum Wagen hinauf stolperte.

Gesindel! dachte Franziskus.

Der Zwerg streckte ihm von der obersten Treppenstufe, schon im Schutze des Herrn Farina, die Zunge heraus.

Herr Farina lachte gutmütig. Er rief Franziskus einige italienische Worte zu, die sehr wohlwollend klangen.

Der Zwerg verschwand wie eine Maus im Wagen.

Franziskus lief hinter den Wagen. Wo war Giulietta?

Hinter dem Wagen stand ein kleiner Käfig mit zwei halbverhungerten Wölfen.

Sie kamen, als sie Franziskus sahen, an das Gitter und betrachteten ihn mit großen grünen Augen.

Franziskus traten Tränen in die Augen.

Meine Brüder, meine wilden Brüder, und gefangen hinter Stäben!

Und der eine Wolf erhob seine Stimme:

Bruder, der du wider Willen oder Wissen freundlich uns besuchst, denke oft an uns Gefangene! Auch wir wandelten durch Wald und Weite, Feld und Freiheit, einst wie du!

Hatten Liebe, hatten Leben. Unsere stählern festen Sehnen trugen flink uns über Moos und Stein. Keinem Feind gelang mit uns der Kampf. Unsere Kinder jubelten, wenn wir das Futter brachten. Sonne war in unsern Augen. Unsere Augen waren Sonnen in der Nacht. Aber uns bezwang das Schicksal, mächtig aus der Menschen Hand gesandt. Viel Erbärmliches ist, doch nichts Erbärmlicheres als der Mensch. Unser Hunger ist ihre Sättigung. Unsere Qual ihre Lust. Unser Tod ist ihr Leben. Unsere Liebe ihr Hohn. Wage nicht zu helfen, Bruder, Sterbender. Deine Hilfe ist nur schwach. Leide mit uns, Bruder! Jeder Atemzug der verbrauchten und zerfressenen Lunge sei ein Fluch dem menschlichen Gezücht! –

Franziskus wandte seine Augen nach innen. Sein Herz brannte. Er sprang, holte den Knochen, den der Zwerg hatte fallen lassen und schob ihn mit den Zähnen zwischen die Stäbe. Die mageren Wölfe heulten dankbar.

Franziskus sah Katja und den Seiltänzer Arm in Arm aus dem Wald treten. Der Seiltänzer streichelte ihre Hand und gab ihr unverständliche Kosenamen. Sie lachte und zeigte ihre schneeweißen Zähne. Der Seiltänzer griff ihr verlangend um die jungen Brüste. Hinter ihnen lief – Franziskus erstarrte bronzen – Giulietta. Sie setzte zierlich ihre kleinen scharmanten Füße und schien zu lachen wie Katja. Ein häßlicher struppiger Köter unbestimmbarer Rasse lief selbstbewußt neben ihr und huldigte ihr in nicht mißzuverstehender Weise.

Sie schien seine Komplimente nicht unhold aufzunehmen. Das Bewußtsein eines geheimen Einverständnisses verband die beiden. Franziskus erkannte in dem Köter einen dorfbekannten Schmutzian und Hündinnenjäger niederster Neigung. Weder sein Vater, noch seine Mutter war bekannt: er entstammte der Kreuzung zweier minderwertiger Rassen.

Ihm also, dem Symbol der Verworfenheit, ergab sich Giulietta, die Erhabene. Der Niedrigkeit unterwarf sich die Hoheit. Im Schmutz wälzte sich die Reinheit. Anmut entglitt in Frechheit. Wurde Welt zur Wüste? Himmel zur Hölle?

Ohne Franziskus zu sehen, tänzelte Giulietta an ihm vorüber.

Der Maler stand auf einer Leiter, allerlei Pinsel, Messer und Messerchen in der Linken, und wies mit der Rechten auf die Einzelheiten eines stark nachgedunkelten Gemäldes, das dem Höllenbreughel zugeschrieben wurde. Gonhild blickte, einen Schal um die fröstelnden Schultern, zu ihm empor. Durch ein Fenster fiel ein kühler Sonnenstrahl auf das Haar des Malers und ließ es mattgold glänzen.

»Es wird bald Winter,« sagte Gonhild.

»Sehen Sie die Wildheit in dem Bild, den Haß jenes verzerrten Kopfes, die Wut jenes enthüllten Frauenleibes – und doch, welche Kraft! Welche Kraft des Willens und der Sittlichkeit!«

Gonhild erschrak leise. Sie fühlte aus der Deutung des ihr fremden Bildes nur die Kraft des Malers.

»Halten Sie Kraft für die Hauptsache im Leben?

Ich bin so gar nicht kräftig, auch Papa ist so zart. Sind wir darum schlechte Menschen?«

Der Maler schoß einen flammenden Blick hernieder.

»Fräulein Gonhild!« sagte er.

Gonhild senkte den Kopf. Sie hüllte sich fester in ihren dünnen Schal. Wo nur Mimi blieb. Sie wollte sie doch zu einem Spaziergang abholen. Sie hob den Kopf.

»Sehen Sie die Tiere! Sehen Sie Konsuelo, den Papagei! Franziskus, den Hund! Es sind schwache Geschöpfe. Und dennoch und grade darum lieben wir sie. Wir müssen, sie beherrschend, ihnen dienen.«

»Das ist der Ausgleich Gottes. Wie liebt Kraft die Schwäche! Und wie wird sie von ihr gehaßt! Ich will Ihnen ja dienen, Fräulein Gonhild. Sie sollen meine Herrin sein ...«

Er stieg langsam hernieder von der Leiter. Die Pinsel und Messer entfielen seiner zitternden Hand.

Gonhild stand leblos. Zu Hilfe, dachte sie, zu Hilfe.

Sie hatte keinen Willen zur Auflehnung.

Da klang ein Bellen durch den hohen Saal. Franziskus sprang vom Fensterbrett des offengelassenen Fensters herab, Gonhild zu Füßen. Drohend stand er zwischen ihr und dem Maler, der erblaßt war.

»Ich glaube, wir müssen essen gehen,« sagte Gonhild leise, »es schlägt eben ein Uhr.«

Franziskus fühlte sich zur Pflicht zurückgerufen. Gonhild hieß ihm wieder Geist und Güte. Giulietta bestechender Schimmer graziöser Charlatanerie. Funkelnde Oberfläche. Aber Gonhild: unergründliche dunkle Tiefe.

Daß er nicht vermocht hatte, rückhaltlos an ihr festzuhalten, dünkte ihn Zeichen eigenen Unwertes, den er bestrebt war, deutlich vor ihr zum Ausdruck zu bringen.

Er ließ sich ihren kleinen, mit einem grünen amerikanischen Schuh bekleideten Fuß auf den Nacken setzen und erblickte darin ein Symbol der völligen und endlichen Unterwerfung. Nachts schlich er sich von seinem weichen teppichbelegten Lager und schlief auf der harten Linoleumdecke vor ihrer Tür. Er geißelte sich, indem er über spitze Drahtzäune kroch und schmerzliche Wunden erlitt.

»Aber Franziskus!« sagte Gonhild, »du blutest ja! Komm, ich will dir die Wunden auswaschen!«

Er aber entzog sich den Händen ihrer Barmherzigkeit und glaubte, duldend und büßend ihr zu dienen, wenn nächtlich die Wunden brannten.

Als sie ihn aber zu einer guten Stunde streichelte, vermochte er das Herz nicht mehr zu halten. Er sprang sie an, und sie drückte ihn an ihre Brust, die unter der dünnen seidenen Bluse bei seinem Ansprung zart bebte.

Sie streichelte seinen Kopf.

Seine Augen zitterten, die Zunge züngelte, und er fühlte nur dies: ich liebe! ich liebe!

Franziskus wurde durch das Benehmen des Hütejungen beunruhigt. Katja kam weinend zum Inspektor gelaufen und erzählte, daß der Hütejunge eines Abends in der herbstlichen Dämmerung wie ein Tier über sie hergefallen sei und daß sie sich nur mit Not und ganzer Kraft seinem geifernden Munde und seinen häßlichen Fingern habe entziehen können. Der Inspektor ließ den Hütejungen rufen und schlug ihn mit seiner kurzen Reitpeitsche mitten ins Gesicht, daß ein roter Striemen ihm quer über die Stirn lief. Mit einem blöden und bösen Gelächter sprang der Hütejunge durch das Fenster in den Hof unter die schreienden Hühner und entfloh.

Erst inmitten seiner Ziegenherde oben auf dem Hügel oberhalb des Dorfes machte er halt. Er blickte auf das Dorf und das Herrenhaus herab und schüttelte die Faust. Die das Geld haben, die haben die Macht. Die die Macht haben, die haben die Liebe. Uns Schwachen und Schwächlingen bleibt nur der Haß. Haß gegen eine Herrschaft, die Brot nur gegen Geißelhiebe gibt. Und Liebe ... nie. Er war ein Sklave irgendeiner lässigen Gebärde des Grafen. Irgendeines – o wie knirschte er! – abweisenden Winkes der Gonhild. Katja verriet ihn. Der Inspektor schlug ihn mit der Peitsche ins Gesicht. Franziskus befehdete ihn. Franziskus, der ihm gewiß sein fettes Dasein erst verdankte.

0 im Herrenhaus wohnen! Einer von den Herren sein! Dem Inspektor einen Fußtritt in den A ... geben. Franziskus zu Tode prügeln. Katja von einem brünstigen Hirsch zu Tode stampfen lassen. Eine Gonhild im Spitzenhemd haben!

Rache durchraste seine schwindsüchtige Brust.

Die Ziegen meckerten. Der Leitbock wurde unruhig.

Der Hütejunge legte das Ohr an den Erdboden und lauschte.

Es nahten Schritte.

Er kannte die Schritte.

Sein Herz schlug rot bis in die Augen, die sich blutend füllten.

Es nahte Erfüllung seiner rasenden Rache, seines inbrünstigen Verlangens.

Er breitete die Arme aus und meckerte.

Auf ihn zu schritt die Blonde, die Goldne, Versprechen himmlischen Genusses. Gestirn der Nacht und Sonnenschein des Tages: Gonhild!

Gonhild schrie leise, da sprang Franziskus flammend ihm an die Kehle.

Wiehernd ließ der Hütejunge Gonhild fahren und wandte sich seinem Feinde zu.

Er nahm den Kopf des Hundes, der nach seiner Kehle schnappte, in seine beiden Hände. Und da er die Hände um seinen wolligen

Hals spannte, ihn zu erwürgen, durchzuckte ihn entsetzliche Erkenntnis.

Ihm war, als hätte er seine eigene Kehle gepackt, als hielte er in des Hundes Kopf seinen eigenen Kopf in Händen. Als sähe aus des Hundes hellen Augen veredelt, ungetrübt sein eigener Blick.

Er gedachte bebend der Hündin Maria; von sich warf er den Hund, der zu Gonhilds Füßen fiel, die in Ohnmacht dahingesunken war.

Tobend trollte er durch den Wald.

Als Gonhild erwachte, drohte die Dämmerung zwischen den Bäumen.

Franziskus lag neben ihr und leckte ihr die Hand.

Sie strich sich über ihre sternklare Stirn.

»Du hast mich gerettet, Franziskus,« sagte sie, »wie soll ich dir danken?«

Franziskus dachte:

Es gibt nicht Dankbarkeit. Selbst Gonhild ist nur dankbar, weil sie zärtlich ist. Und habe ich sie wirklich gerettet? Ich habe das Menschliche in mir bekämpft, und darum rettete ich sie ... vor mir.

Der Graf und der Maler zeigten sich sehr besorgt, daß Gonhild so spät aus dem Walde heimkam.

»Es hätte Ihnen ein Unglück zustoßen können, Fräulein Gonhild,« sagte der Maler und er sagte ganz unbefangen: Fräulein Gonhild und nicht: Gnädigste Komtesse, was den Grafen ein wenig verstimmte, »denken Sie an die Zigeuner! Wenn man Sie uns nun geraubt und ein schönes Zigeunermädchen aus Ihnen gemacht hätte! Es wäre mein Schicksal gewesen, die Welt nach Ihnen zu durchstreifen und vielleicht hätte ich Sie nie gefunden; oder wenn ich Sie nach Jahren dann doch entdeckt hätte, da hätten Sie mich nicht mehr erkannt und eine fremde Sprache gesprochen, die ich nicht verstehen würde. Sie hätten auf dem Seile getanzt und das Tamburin geschlagen. Und schließlich hätten Sie in einem gebrochenen Deutsch mir aus der Hand meine Zukunft gesagt, und sie wäre gewesen: eitel Schmerz und Unrast und Tränen. Denn Sie selbst wären mir ja verloren gewesen ...«

Gonhild öffnete die Lippen ein wenig und bot sie mit anmutiger Verwunderung dem Maler.

Der Graf mißbilligte die verworrenen und ihm völlig unverständlichen Redensarten des jungen Mannes und wies mit spitzer Schulter auf die gedeckte Abendtafel.

»Du wirst noch etwas essen wollen, Gonhild? Übrigens warst du bei deinem Spaziergang ja in guter Hut. Franziskus war bei dir.«

Gonhild nickte. Spielerisch tasteten ihre Finger über Franziskus' Fell, der mit kühlen braunen Augen nach dem Maler sah.

Der Graf und der Kooperator saßen beim Nachmittagskaffee im Rauchzimmer, als Gonhild auf sie zugesprungen kam.

»Papa –«

Der Graf tauchte aus den Dampfwolken seiner Zigarre wie Zeus aus dem olympischen Gewölk:

»Nun –?«

»Sieh, was ich gefangen habe: einen jungen Schmetterling. Jetzt im Herbst! Er ist noch ganz betäubt von Licht und Luft und arglos rastet er auf meiner Hand – jetzt, jetzt regt er die weißen Schwingen und schwebt und schwebt – in den Himmel.«

Gonhild sah dem Schmetterling nach.

»Wer da fliegen könnte – wie er.«

Der Kooperator räusperte sich:

»Sieh mir in die Augen, Gonhild!«

Gonhild schlug die Augen nieder.

Der Kooperator fuhr fort:

»Wie lange ist es her, daß wir nicht mehr zusammen in den Wald gingen, den Dom Gottes. Ich lehrte dich, die guten von den giftigen Pilzen scheiden, den Umlauf der Sonne, des Mondes und der Gestirne beobachten und in den heiligen Büchern lesen. Sommer und Winter, Frühling und Herbst wechselten. Sie wandelten nicht uns, die wir beständig in Demut und Bescheidenheit jedem neuen Tag des Herrn dienten. Das Eichhörnchen war deine Schwester und der Hase dein Bruder. Und selbst der böse Vetter Fuchs ließ sich von dir, wenn du ihm begegnetest, streicheln.«

Gonhild sagte leise:

»Ich liebe den Wald und seine Tiere und Farren und Moose. Ich liebe Franziskus und die Katzen und Konsuelo ...« Der Kooperator betrachtete sie betrübt:

»Seit diesem Sommer ist eine Unruhe in dich gefahren, die ist nicht von Gott. Denn Gott heißt jedermann mit seinem Schicksal zufrieden sein. Denn alles, was geschieht, es sei Leid oder Lust, geschieht von Gott. Du bist voller Unruhe, Gonhild. Du kannst den Abend nicht erwarten und nicht die Nacht und nicht den Tag. Wie Dämmerung bist du nicht dies, nicht das. Du sprichst mir die Gebete nach, leer und unaufmerksam ...«

Gonhild erhob die Blicke vom Boden:

»Heiliger Vater – ich bin fünfzehn Jahre alt geworden. Seitdem in diesem Frühling die Knospen an den Bäumen zu sprießen begannen, seit der erste Amselruf am Bach erklang und im Teich der Schrei des Frosches, spür ich, daß auch mein Blut zu singen beginnt: einen anderen Choral als den, den Ihr mich lehrtet. Die Blume lockt den Schmetterling und der Vogel ruft seinem Weibchen.«

Der Kooperator schüttelte das Haupt:

»Gonhild – Gonhild – die Sünde hat Macht über dich gewonnen und zerfrißt dein Herz von innen wie der schwarze Wurm die Frucht. Bin ich doch ohne Schuld daran, denn ich habe dich stets erzogen im Geist der Apostel.«

Gonhild lächelte:

»Heiliger Vater, Euer Geist ist ganz aufs Ewige und Unvergängliche gerichtet. Ihr habt den Leib abgetötet und seid nur Seele noch und Sinn und Gebet. Aber ich bin ein irdisches Geschöpf. Bin so jung. Meine Lippen brennen rot wie Mohn. Und meine Augen leuchten wie Enzian. Um eine Heilige zu werden, muß man ein Mensch gewesen sein. Wie kann der von Güte wissen, der niemals schlecht war?« Der Kooperator bekreuzte sich.

»Der Teufel verwirrt dir den Sinn, daß du redest: gottlos wie ein Sophist.«

Der Graf, der bis jetzt geschwiegen hatte, strich Gonhild zärtlich über die Stirn:

»Kind, Kind: du bist zu jung, um zu wissen, was dir frommt. Seit deine Mutter in deinem ersten Lebensjahre starb, ist sie in meiner Vorstellung mit der Gottesmutter zu einer heiligen Person verschmolzen. Sie rufe an, wenn deine Seele keinen Frieden findet.«

Gonhild und der Maler schritten Hand in Hand durch den nächtlichen Park.

»Wie sonderbar,« sagte Gonhild, »ich habe dich nun lieb. Und weiß nicht einmal, wer du bist. Und weiß nicht einmal recht, was dies bedeutet: lieb-haben. Ich bin erst fünfzehn Jahre alt.«

»Gonhild!« rief der Maler, und hob die zierliche Gestalt den Sternen zu, »mein Mädchen!«

»Papa wird einen großen Schreck bekommen, wenn er hört, daß ich ihn heimlich verlassen habe, und er wird mich vielleicht verachten. Aber ich kann nicht anders. Er würde niemals in eine Ehe mit einem Bürgerlichen einwilligen. Und du bist doch nun einmal ein Bürgerlicher. Nein, eigentlich bist du ein Raubritter!«

Sie lachte und streifte mit flüchtigem Kusse seine Wange. »Ich kann nicht anders. Ich muß dir folgen. Ich habe keinen Willen mehr. Du hast den meinen. Aber darf ich nicht wenigstens Franziskus mitnehmen? Du weißt, ich habe ihn lieb. Er scheint mir zuweilen ein Teil meines Ich. Ja: fast mein besser Teil. Denn ich bin nur ein Mensch. Und er –«

»– ist nur ein Hund, Gonhild.«

»Für einen Hund bedeutet's viel, ein Hund zu sein.«

»Gonhild, wir können Franziskus nicht mitnehmen. Er würde uns überall sofort verraten. Er wäre unfehlbares und untrügerisches Kennzeichen unseres Steckbriefes. Der Graf und die Polizei wäre uns sofort auf den Fersen.«

»Aber später – können wir ihn nicht später nachkommen lassen?«

»Gewiß, Gonhild, wenn alles recht geregelt ist und wir weder die Polizei noch deinen Papa mehr zu fürchten haben.«

Gonhild seufzte.

»Dann will ich mich in die Trennung von Franziskus schicken. Dir zuliebe. Und aus Klugheit. So schwer mir diese Klugheit fällt. Aber wie wird es Franziskus ergehen? Er hängt so sehr an mir ...«

Als der Graf in munterer Laune am Frühstückstisch erschien, fand er wider Erwarten Gonhild nicht vor. Ihr Gedeck war noch unberührt. Schlief sie noch? Er zog die Uhr. Sie zeigte bereits neun. Gonhild pflegte gegen acht Uhr aufzustehen und meistens war *sie* es, die *ihn* mit einem klingelnden Gelächter weckte.

Er schlich sich auf Zehenspitzen vor ihr Zimmer und lauschte.

Er klinkte vorsichtig die Türe und betrat es.

Das Zimmer war leer. Das Bett schien unbenützt. Er sah sich suchend um. Die Toilettensachen vom Waschtisch fehlten. Desgleichen eine kleine Handtasche aus Juchten, ein Geburtstagsgeschenk des Grafen an Gonhild. Der Graf stützte sich einen Moment schwer atmend auf eine Stuhllehne. Dann trat er an den winzigen, weiß und goldnen Schreibtisch. Dort lag ein Zettel und darauf standen diese Worte: »Sei mir nicht böse, Papa. Versuche nicht, mir weh zu tun. Ich vergesse dich nie und hoffe bald zurückzukehren, um Verzeihung von deiner Güte zu erbitten. Grüße Franziskus.«

Übrigens fand man an eben diesem Morgen im Wintergarten des Herrenhauses den Hütejungen erhängt vor. Neben ihm lag tot der Papagei Konsuelo, dem er zuvor den Hals umgedreht hatte. Dies war die Rache des Hütejungen an der Herrschaft des Reichen und Bunten, des Schönen und Guten, des Blonden und Goldenen.

Franziskus gebärdete sich, als er sich von Gonhild verlassen sah, wie rasend. Bellend drehte er sich hundert Male um sich selbst.

Der Graf fand, trotzdem er sofort die Polizei der nahen Großstadt benachrichtigte, keine Spur von Gonhild und ihrem Verführer. Er meinte sie dort versteckt, glaubte an Erpressungsversuche des Malers und fuhr persönlich nach München.

Franziskus lief durch das ganze Haus treppauf, treppab und suchte Gonhild. Er lief ins Dorf, er lief in die Ställe, auf die Felder, in

den Wald. Er lief in den Wintergarten und sah Freund und Feind
getötet.

Endlich fand er Gonhilds Spur auf dem Bahnsteig des Kleinbahn-
hofes.

Er jauchzte, als er sie entdeckte, und eilte emsig den Schienen
nach, ewige Sehnsucht nach Gonhild und dem Guten und heiligen
Haß gegen das Böse und ihren Entführer in der Brust.

Hungernd und dürstend lief er tagelang dem Ziele nach, das ihm
wie ein Falter voranschwebte.

Förster, die ihm begegneten und ihn für tollwütig hielten, schossen nach ihm. Die Kugeln pfiffen um seine Ohren, er aber achtete
ihrer nicht.

Unterwegs geriet er in ein Gefecht mehrerer Hunde mit einer
Katze. Da vollzog sich eine entscheidende Wendung zum Guten in
ihm. Er schützte den schwachen Feind, ging gegen die feigen Hunde und verjagte sie. Die Katze miaute kläglich. Sie blutete. Da riß er
mit dem Maule Gräser und Farren ab und stopfte sie in die Wunde.
So sühnte er den Mord an der Katze Mignon und die unbedachte
Feindschaft seines Geschlechtes.

Weiter und weiter lief er zwischen den Schienen. Städte empfin-
gen und entließen ihn. Sonne stieg auf und sank. Ein Kranz von
Nächten umschlang seine schlaflose Stirn. Da kam er in eine Stadt,
die war anders wie andere Städte; Kanäle durchzogen blinkend sie
tausendfältig. Brücken schlugen ihre Bogen von Ufern zu Ufern. Ein
Heer von Masten stieß wie Lanzen in den Himmel. Sirenen heulten.
Pfeifen schrillten. Rauch, Hand in Hand gefügten Engeln ähnlich,
entstieg den Schornsteinen.

Der große Hafen war erreicht. Auf dem Kai lief zwischen Geschrei und Menschen, zwischen Packträgern und Matrosen, selig
des nahen Zieles gewiß, Franziskus.

Schiffe schaukelten sich vor seinen Blicken. Eben entglitt ein rie-
siger Ozeandampfer, das Sinnbild des silbernen Adlers am Buge,
dem grauen Hafen.

»Ja,« sagte neben Franziskus ein Matrose, dem ein Anker in den
nackten Oberarm gebrannt war, »der Adler ist eigentlich kein Schiff,

sondern ein Vogel, denn er fliegt.« Auf dem Hinterdeck des Dampfers stand in grauem Regenmantel und schwarzem Lackhut ein junges Mädchen und winkte mit einem seidenen Taschentuch, auf dem eine Grafenkrone gestickt war, dem Festland den Abschiedsgruß zu. Hinter ihr bewegte sich lächelnd ein junger blonder Herr.

Franziskus hatte Gonhild kaum erspäht, als er überirdisch bellte.

Gonhild mußte seinen Ruf vernommen haben, denn sie schrak zusammen, während der blonde Herr beruhigend auf sie einredete.

Franziskus sprang in den himmlischen Abgrund – ihr nach! – ihr nach! –

Die Wellen verschlangen ihn und trugen ihn noch einmal. Sein abgezehrter Körper vermochte ihnen keinen Widerstand entgegenzusetzen. Sein brechendes Auge sah noch ein letztesmal Gonhild.

Franziskus meinte im Walde zu liegen. Pilze schossen um seine Verwesung. Tannennadeln fielen in sein Fell und silberner Regen wusch seine gläsernen Augen. Eichhörnchen schwebten von den Bäumen hernieder und betrachteten neugierig sein immer noch dasein. Kreuzottern schlichen bei Verfolgung von kreischenden Mäusen über seine entfleischten Beine. Und eines Tages brach sein Bauch und ein Heerwurm von gelben Maden zog seine Straße. Franziskus aber bot sich ihnen liebend dar und sprach: dies ist mein Leib, euch gegeben zur Seligkeit. Nehmt und esset alle davon. Donner erklang gewaltig. Blitze zischten zwischen den Stämmen. Der Himmel platzte, und das Meer brach daraus hervor.

Und siehe: als Franziskus erwachte und die Augen emporwarf: da war Glanz um ihn wie Sonne, und war doch mehr als Sonne. In diesem Lichte gaukelten die Sterne wie große Libellen. An die Glocke des Mondes schlug goldener Klöppel. Wesen umschwebten ihn, deren Begriff er nur geahnt. Da gab es nicht Mensch, nicht Hund, nicht Katze, nicht Papagei, nicht Bäume, nicht Blumen, nicht Wasser, nicht Feuer, nicht Luft, nicht Erde: alles war einer Art und Gestaltung voll unbeschreiblicher Anmut. Im Schutze eines Schattens saß jener schöne Jüngling, von dem er vermeinte, ihn einmal in seinem Leben als Hirt und Lamm getroffen zu haben. Wieder umdrängten ihn Tausende von Geschöpfen. Friedliche Mienen strahlten. die Schwester vom Roten Kreuz, die viele Menschen, Kämpfer und Nichtkämpfer, hat sterben sehen, sagt: »Es muß hübsch sein, bei den Klängen eines Grammophons zu sterben. Meine Patienten starben meistens beim Gesang der Granaten. Nur einer, ich weiß es noch, als wäre es gestern geschehen, sagte: Hören Sie, Schwester, den Leierkasten? Ich habe ihn seit meiner Kindheit nicht mehr gehört. Es ist die seligste Musik der Welt ...«

Nun ist Winter. Die Lampions sind erloschen. Sanfte Schlitten gleiten im Mond den weißen Hang hinab.

Der Himmel ist wie ein blauer Glassturz in den altmodischen Schränken unserer Großväter über uns gestülpt. Wir leben darunter: bunte und groteske Porzellanfiguren, von einem früheren Meister entworfen, geformt und bemalt: schlanke Jäger, verschlungene Liebespaare, vorsichtige Reiter, strahlende Mädchen, elegante Kinder – alle mit einem gemalten Lächeln um den Mund und künstlichem Glanze in den Augen, alle ein wenig blaß. Mancher Gliedmaßen zappeln neurasthenisch, und manche hüllen sich fröstelnd in die dunklen Pelze ihrer Einsamkeit, aus der ein Schmerz sie zuweilen nackt wie Nymphen oder Faune treten läßt.

Stumm wie Polarfüchse ziehen sie ihren Schlitten den Berg hinauf. Der Schnee knirscht. Die Sterne kreisen. Manche Tannen sind wie Weihnachtsbäume mit ihnen behängt. Unter ihnen gleitet und schreitet, fast körperlos: das gespenstische Porzellan.

Die Kranken tanzen.

Sie spielen Fasching. Sie haben sich, funkelnd kostümiert, in Gestalten ihrer Sehnsucht verwandelt, die sie vielleicht einmal waren und die sie nie mehr werden können. Da dreht sich ein mexikanischer Gaucho mit einem holländischen Fischermädchen. Pierrots und Pierretten wirbeln rot und gelb und violett. Eine Rabenfamilie flattert, unhold krächzend, durch den Saal. Es sind Leute vom oberen Sanatorium. Sie dürfen nicht erkannt werden, denn es ist ihnen vom Chefarzt strengstens verboten, zur Redoute zu gehen. In einer dunklen Loge sitzt ein einsamer Frack und trinkt hüstelnd eine Flasche Asti. Ich denke darüber nach, daß ich ihn kenne, daß ich ihm schon irgendwo begegnet bin: in Ragaz oder in Arosa oder in Locarno. Er trägt eine weiße Maske vor dem blassen Gesicht, das so blaß ist, als wäre es geschminkt. Ein unerklärliches Gefühl der Zärtlichkeit zwingt mich an seinen Tisch und läßt mich ihm die Hand drücken. Der Frack erhebt sich: leise verwundert. Er deutet mit milder Hand auf die Flasche Asti und auf ein zweites leeres Glas. Er kann nicht sprechen. Entweder ist er taubstumm oder er hat Kehlkopftuberkulose. Ich stürze das Glas Asti in einem Zug herunter und tanze mit einer feuerroten Pierrette. Sie scheint flammend der Hölle entstiegen, aber ihre blauen Augen verraten den Himmel.

»Wie heißt du?«

»Gonhild – aber du hast ja gar keinen Kopf!« lächelt sie plötzlich erschreckt.

Das macht nichts: wenn ich auch keinen Kopf habe: ich tanze doch. Man pflegt ja nicht mit dem Kopf, sondern mit den Füßen zu tanzen. Obgleich es umgekehrt manchmal amüsanter wäre.

Oben an der Decke hängt mein Kopf, ein gelber Lampion, und sieht interessiert auf mich herab, wie ich tanze. Der einsame Frack tanzt jetzt ebenfalls. Er tanzt mit einer Riesendame in Balltoilette, die aus dem Sanatorium Guardaval entsprungen ist. Und jetzt erkenne ich ihn: es ist der russische Dragonerleutnant, mein linker Tischnachbar in der Pension Stolzenfels.

Selige Nacht! Ich darf den wilden Jungen spielen, der ich einmal war, als es noch keine Krankheit und noch keinen Krieg gab.

Wir nehmen einen Schlitten und fahren in die Mondnacht hinaus.

Das Tinzenhorn ragt zackig in die blaue Nacht. Der Gletscher glitzert wie eine Kristallplatte. Aus den beschneiten Wäldern tönen die Seufzer der Dryaden.

Der rote Pierrot friert.

Denn er kommt aus der Hölle und ist den Winter nicht gewohnt.

Man gibt der ungarischen Kapelle bei Kolbinger zehn Francs und sie spielt, was man will. Die Ungarn spielen alles aus dem Kopf. Sie kennen gar keine Noten.

Ein Engländer befiehlt den Tipperary-Marsch. Eine Damenschneiderin aus Genf, ein ungewöhnlich hübsches Mädchen, tanzt mit ihrem Freund, einem jungen Argentinier, währenddessen eine Art Step. Der Engländer, der einen Whisky vor sich stehen hat, sieht jedem Schritt der Damenschneiderin scheinbar gelangweilt, aber innerlich berührt, nach.

Die Kapelle spielt: *It is a long way to Tipperary ...*

Die Ungarn spielen ungarische Volkslieder:

»Auf der Welt gibt es nur ein einziges Mädchen, und dieses Mädchen gehört mir. Wie lieb muß mich der gute Gott haben, daß er es gerade *mir* gegeben hat ...«

Ich suche die Augen der roten Pierrette.

»Draußen wohne ich auf der Heide in Niederungarn. Bei Tag und bei Nacht denke ich an mein zierliches Mädchen. Wenn alle meine Seufzer auf Taubenflügeln schweben würden, so gingest du Sonntags zwischen Tauben zur Kirche.«

Ich küsse die kleine geschminkte Hand der roten Pierrette.

Auf einmal fiedeln die Ungarn ein ungarisches Soldatenlied:

»Die Straße wird gekehrt, weil die Soldaten durchziehen. Brünette Mädchen laufen den Soldaten nach. Der Herr Hauptmann fragt ein Mädchen: Wohin gehst du, braunes Mädchen? – Warum fragt der Herr Hauptmann das braune Mädchen? Das braune Mädchen geht ihrem Liebsten nach.«

Wir treten auf die Straße.

Es ist gegen sechs Uhr abends. Der Schnee knirscht. Die Bogenlampen leuchten.

Man pokert, man lacht, man hustet, man tanzt, und hin und wieder stirbt man. Dann wird die Glocke geläutet, und im Krematorium fährt man feurig zum Himmel. War es so leicht, ein Mensch zu sein? Wir waren in Schmerzen Leibes und der Seele wie in eiserne Panzer gezwängt. Wir wollten das Gute und taten das Schlechte. Und unser Lächeln schien nicht immer echt. Aber wir hatten den Glauben an das Gute und freuten uns des Lächelns, wenn es sich von den Lippen einer jungen Frau erhob. Möge uns der Tod ein milder und gerechter Herr sein.

Und daß er von uns hebe den blauen Glassturz des Himmels, darunter wir seufzen. Eine ewige Sonne erlöse uns; und es soll sein:

eine ewige Wärme, eine ewige Güte und ein ewiges Ohne-Schmerzen-sein.

Giulietta!

Ich schreibe diese Zeilen in einer kleinen italienischen Dorfkirche des Tessin. Ich bin irgendwo aus dem Zug gestiegen. Ein Tal behütete mich. Ich überschritt auf schwebender Brücke einen rastlosen Fluß. Sonne sank hinter Felsen. Tief im Schatten betrat ich durch ein kriegerisch geartetes Tor ein ärmliches Dorf. Ich sah nie ein Dorf von solcher Armut. Die Häuser schienen nicht einmal gebaut, nur geschichtet. Aber dennoch umspannte sie eine Mauer, gewillt, auch das Ärmlichste, wenn es nur ein Eigenes bedeutet, massig zu schützen. Wie arm ist diese Kirche! Nicht einmal die Sonne, die doch Geringes gern beglänzt, wagte aus Wehmut, länger in ihren zersprungenen Fenstern zu weilen. Heilige heben auf unbeholfenen Fresken die Hände um Erlösung aus dieser Niederkeit flehend zum Himmel. Es duftet nach Weihrauch. Aber es ist der Hauch Ihres Haares, den ich ahne.

Wie flossen hell, heiter und hurtig diese Tage, da wir, zwei zur Verfeindung bestimmte, unter der Bläue erzglockigen Himmels die musische Sprache der Liebe fanden und übten. Sie sprachen ein schlechtes Deutsch und ich ein schlechteres Italienisch. Erinnern Sie sich, wie wir am Karfreitag in der Nachtprozession nach Sankt Antonio schritten? Die Brüderschaften in ihren violetten, roten und grünen Hemden schlossen uns in ihren Bund. Die Nonnen murmelten fromme Laute. Und Christus ward auf schwarzgoldener Bahre unter dem Schein der Fackeln und der unzähligen vielfarbigen Lampions, die aus den Häusern hingen oder von den heiligen Brüdern getragen wurden, zu Grabe geleitet.

Wird er auferstehen? Als ich die Bahre in dem schwarzen Tore der Kirche Sankt Antonio versinken sah, meinte ich wohl: nie. Ich spürte einen leisen Druck Ihrer Hand und hörte Ihr geseufztes: Ja.

Wir standen auf dem Deck des kleinen Dampfers und näherten uns der italienischen Küste. Villen brachen wie weiße Hunde aus Palmengrün. » *Dogana italiana* = italienisches Zollbüro«: las ich in schwarzen Buchstaben auf einem hellroten Hause. Am Ufer standen zwei italienische Gendarmen in graugrünen Regenmänteln und musterten mit halben Augenlidern gelangweilt die Passagiere. Was hindert mich, mit Ihnen auszusteigen und plötzlich in Italien zu sein? Diese italienischen Gendarmen sind mir nicht fremder als die Tessiner Gendarmen. Sie reden dieselbe Sprache. Sie lächeln dasselbe martialische und doch sanfte Öldrucklächeln. Sie trinken wie jene Vermouth und machen sich den Salat zum Fisch oder zur Salami selbst an. Sie würden mich vielleicht nicht einmal verhaften, wenn ich den Dampfer verließe. Sie würden das Versehen, daß ich mit Ihnen ausstieg, begreiflich finden; denn sie sind galante Leute: mit ihren schwarzen aufgewirbelten Schnurrbartspitzen. Sie würden mich in einem Boote dem Dampfer nachsenden, die Hand grüßend an die Mütze gelegt. Und wenn ich Ihnen die Hand zum Abschied reichte: sie sähen zur Seite oder schneuzten sich in ihre rotkarierten Tücher. –

Es ist nicht so gekommen. Ich blieb auf dem Dampfer zurück und sah Sie schwankend den Landungssteg betreten. Sie neigten den Kopf und hielten sich ein wenig am Geländer fest. Noch einmal wandten Sie sich um. Ihr Taschentuch wehte im Winde. Dahinter, am Zollbüro, ratterte die italienische Fahne.

Werden Sie diesen Brief erhalten? Werden Sie antworten? Werden wir, aus vergänglicher Feindschaft zu ewiger Liebe erwacht, uns wiedersehen?

Wird Christus, den wir in Sankt Antonio zu Grabe trugen, auferstehen?

Seit zehn Wochen hat es keinen Tropfen geregnet. Die sonst im Frühjahr fällige Regenperiode ist dieses Jahr ausgeblieben. Es herrscht eine Dürre, wie seit vierzig Jahren nicht. Die Wiesen bleichen in der dörrenden Sonne wie gelbe Strohmatten. Die Stauden auf den Gemüsebeeten rascheln wie künstliche Papierblumen. Hin und wieder taumelt ein müder Falter an der heißen Mauer des Hauses entlang und läßt sich mit der Hand fangen. Wo sind die vielen Tausende von Heuschrecken? Die Sonne hat sie versengt. Skelette von Molchen liegen am Weg. Rings auf den Bergen brennen die Wälder in die blaue Nacht. In den Flammen knistern die Vogelnester, der Nachwuchs eines Jahres ist dahin.

Der Bischof hat eine Regenprozession anbefohlen. Heute kamen die Gläubigen aus allen Seitentälern bis acht Stunden weit zu Fuß, um mit dem ehrwürdigen Vater den Prozessionsweg zur Madonna del Sasso emporzuklimmen. Ihre eintönigen Gebete erschütterten die Luft wie die melancholischen Rufe vorweltlicher Tiere. Ein leiser Donner antwortete ihnen. Wolken zogen herauf. Aber sie verdunsteten wieder. Und mittags glühte die Sonne unerbittlich wie zuvor.

Es ist Abend. Eine kleine Brise weht vom See. Auf der Seepromenade schreitet eine Prozession wie am Vormittag. Aber kein Priester in rotem Ornat schreitet ihr voran, Gebete brummend. Wie am Tage die Sonne, so brennt in der Nacht am Himmel der Stern der Venus. Nachtigallen trillern von den Bäumen. In den Teichen des Deltas schreien die Frösche vor Brunst. Auf der Seepromenade schreitet die Prozession der Verliebten. Mandolinenklingen und Gelächter. Hand in Hand schreiten sie, um im Wald zwischen den Stämmen zu verschwinden. Ein einziger Seufzer der Lust zittert durch die laue Luft. Kriegs- und Revolutionsgeschrei verstummt vor einem halb hingehauchten, halb hingesungenen: *Amore*.

Nun regnet es einen Monat schon ununterbrochen. Unter grauen Fäden wie unter einem Spinnennetz liegt die Erde: eine große schwarze Fliege. Die Maggia rauscht, gelb geschwollen. Ein tropischer Salamander durchstürzt sie das Tal. Noch glänzt auf ihren Schaumkämmen das grüne Eis des Basodinogletschers.

Der Ghéridone speit vulkanisch Wolken aus seinem Schneemaul.

Schon blättert die rote Blüte der Mandel. Die violetten Glyzinen zerfallen. Die Kirsch- und Birnenbäume verblühen.

Die Inseln von Brissago schwimmen wie tote Wasserkäfer – mit dem Bauch nach oben.

In einer Konifere zwitschert ein Amselnest. Die Smaragdeidechsen, kleine Drachen der Vorzeit, rascheln mit blauer Kehle und grünem Schlangenkörper durch das Delta oder die vom Herbstlaub des vergangenen Jahres noch verschütteten Hänge Montis.

Ein Kuckuck singt im Nebel.

Wie lange noch? Wie lange noch? Weissage, Kuckuck! Unaufhörlich, unzählbar stößt er seine Schreie in den Regen.

Vielleicht ist's nur ein künstlicher, ein Kuckuck aus Ton, mit dem ein Kind aus dem Haus da drüben sich vergnügt, unwissend, daß es Schicksal spielt.

Schwerfällig schleicht ein schwarzer Molch mit gelben Tupfen, einen Regenwurm im Maul, über den feuchten Weg.

Zwei Grillen gehend zirpend, im Kampfe um das Weibchen, aufeinander los.

An der Mauer der Skorpion hebt den Stachel gegen einen roten Franzosenkäfer.

Und riesig entfaltet in der Dämmerung in einem Augenblick, da der Regen nachläßt, das Wiener Nachtpfauenauge die braunen Fittiche.

Warum steigst du wieder auf: wie der Nebel von den abendlichen Gärten: südliche Schwermut?

Die Sonne brennt mir wieder bis ins Herz: aber mein Herz wird nicht warm.

Gehen Menschen hierhin und dorthin: warum?

Werfen Schatten, werfen Blicke, unterwerfen sich: wozu? Wie man um ein kleines Kind, das auf dem Teppich spielt, ein Holzgitter stellt: so sind Berge um mich gestellt.

Wenn ich einen Glauben hätte, so würde dieser Glaube die Berge versetzen können.

Ich besteige eine Schwebebahn, die wie ein Zeppelin in der Luft hängt, und schwebe empor.

Die Bahn schwankt. Eine Frau lacht. Ein Rosengarten taucht aus dem Unsichtbaren.

Der blaue Himmel ist auf einmal gesäumt wie eine Steppdecke; mit rosa Strichen. Ich möchte mich mit ihm zudecken.

Die Sonne geht unter.

Die Schwebebahn geht unter.

Das Tal umdunkelt sich.

Aber jeder Mensch trägt noch eine eigene dunklere Nacht in sich. In die leuchtet kein Mond, kein Stern. Nur der Haß und die Liebe.

Wen soll ich hassen? Jenen dicken Herrn aus Königswusterhausen oder Bologna? Ich kann nicht.

Wen soll ich lieben? Jene Dame? Vielleicht ist's die Madonna del Sasso. Ich sehne mich danach, sie zu lieben. Aber ich vermag es nicht.

Ich sehe sie über eine Brücke entschwinden. Querfeldein schreitet sie. Die Bäume neigen sich vor ihr, und die Karabinieri treten erstaunt zur Seite.

Ein Windstoß bläst mir Staub ins Gesicht.

Staub waren wir, zu Staub werden wir wieder.

Ein Staubkorn ist mir ins Auge gekommen. Vielleicht ein toter Bischof.

Ich möchte, daß man meine Asche über das Meer hinstreut. Dann werde ich wie Jonas in einem Walfischbauch landen oder eine Flunder wird mich verschlucken und ein dicker Herr aus Königswusterhausen wird mich eines Abends zum Nachtmahl zu sich nehmen.

Wunderbar sind die Wege des Schicksals.

Aber vielleicht gelange ich auch ungefährdet bis auf den Grund des Meeres, ja: vielleicht bis auf den Grund alles Seins.

Und wenn ich erwache, wird Glanz um mich sein wie Sonne und doch mehr als Sonne. In diesem Lichte werden die Sterne wie große Libellen gaukeln. Wesen werden mich umschweben, deren Begriff ich nur geahnt. Da wird es nicht Mensch, nicht Hund, nicht Katze, nicht Papagei, nicht Bäume, nicht Blumen, nicht Wasser, nicht Feuer, nicht Luft, nicht Erde geben. Alles wird einer Art und Gestaltung sein voll unbeschreiblicher Anmut.

Selig werde ich im Reigen der Elemente schreiten. Ich werde den Geistern von Giulietta und Gonhild begegnen. Stürmisch werden wir ineinander versinken und wird nicht Gonhild sein und nicht Giulietta und nicht Franziskus.

Da wird nur sein
ein All,
all-eins.

Über tredition

Eigenes Buch veröffentlichen

tredition wurde 2006 in Hamburg gegründet und hat seither mehrere tausend Buchtitel veröffentlicht. Autoren veröffentlichen in wenigen leichten Schritten gedruckte Bücher, e-Books und audio-Books. tredition hat das Ziel, die beste und fairste Veröffentlichungsmöglichkeit für Autoren zu bieten.

tredition wurde mit der Erkenntnis gegründet, dass nur etwa jedes 200. bei Verlagen eingereichte Manuskript veröffentlicht wird. Dabei hat jedes Buch seinen Markt, also seine Leser. tredition sorgt dafür, dass für jedes Buch die Leserschaft auch erreicht wird.

Im einzigartigen Literatur-Netzwerk von tredition bieten zahlreiche Literatur-Partner (das sind Lektoren, Übersetzer, Hörbuchsprecher und Illustratoren) ihre Dienstleistung an, um Manuskripte zu verbessern oder die Vielfalt zu erhöhen. Autoren vereinbaren direkt mit den Literatur-Partnern die Konditionen ihrer Zusammenarbeit und partizipieren gemeinsam am Erfolg des Buches.

Das gesamte Verlagsprogramm von tredition ist bei allen stationären Buchhandlungen und Online-Buchhändlern wie z. B. Amazon erhältlich. e-Books stehen bei den führenden Online-Portalen (z. B. iBookstore von Apple oder Kindle von Amazon) zum Verkauf.

Einfach leicht ein Buch veröffentlichen: **www.tredition.de**

Eigene Buchreihe oder eigenen Verlag gründen

Seit 2009 bietet tredition sein Verlagskonzept auch als sogenanntes "White-Label" an. Das bedeutet, dass andere Unternehmen, Institutionen und Personen risikofrei und unkompliziert selbst zum Herausgeber von Büchern und Buchreihen unter eigener Marke werden können. tredition übernimmt dabei das komplette Herstellungs- und Distributionsrisiko.

Zahlreiche Zeitschriften-, Zeitungs- und Buchverlage, Universitäten, Forschungseinrichtungen u.v.m. nutzen diese Dienstleistung von tredition, um unter eigener Marke ohne Risiko Bücher zu verlegen.

Alle Informationen im Internet: **www.tredition.de/fuer-verlage**

tredition wurde mit mehreren Innovationspreisen ausgezeichnet, u. a. mit dem Webfuture Award und dem Innovationspreis der Buch Digitale.

tredition ist Mitglied im Börsenverein des Deutschen Buchhandels.

Dieses Werk elektronisch lesen

Dieses Werk ist Teil der Gutenberg-DE Edition DVD. Diese enthält das komplette Archiv des Projekt Gutenberg-DE. Die DVD ist im Internet erhältlich auf **http://gutenbergshop.abc.de**